\ Travel Talk /

開始遊法國說法語

法・英・中 三語版

張一喬・著

目錄

第一章・基本單字

第二章・打開話匣

第三章・交通

第四章・探索美食

第五章・觀光遊覽

第六章・購物血拼

第七章・住宿

第八章・出狀況

本書特色

這本適合隨身攜帶的旅遊法文工具書，有幾個特色：

1. 沒有法文基礎，也能說

每個句子與單字都附拼音，沒學過法文，也能根據羅馬拼音把法文輕鬆說出口。

2. 中、英、法對照，講英文也能通

每個句子還附有英文對照，情急害羞說不出法文的你，改說英文也能通。

3. 萬用手冊式的索引排版，好翻好用

用鮮明的顏色區分主題，並運用萬用手冊式的索引排版，輕鬆快速地找到你想立即使用的法文句子。

4. 循序漸進，讓你的法文琅琅上口

有心想循序漸進地學習法文的你，本書也用了一小篇幅介紹發音、基礎單字、基本問候語，並加強了文法及句型單元，讓你學習起來更踏實。

5. 設想旅遊場景，交通、飲食、觀光、購物、住宿、狀況，實用句子全都錄

設想旅遊中會發生的所有場景，分成交通、飲食、觀光、購物、住宿、狀況六大主題，根據每大主題細分成不同小主題，再將每個小主題的場景勾勒出來，鉅細靡遺設想旅遊中可能面臨的對話。

6.「知識補給站」，補充單字、解說文法、介紹文化

所有實用句子的旁邊，都規劃了「知識補給站」，除了介紹句子的使用場景之外，並補充相關單字、解說相關文法，讓學習一目了然。

7.「COLUMN」單元，認識特殊法國文化

書中點綴幾個「CLOUMN」單元，介紹法國特殊的文化或產物，讓身為老外的我們，也能多少融入一下法國的文化。

8. 不只解決燃眉之急，還可交朋友

本書的野心：希望法文不只是你旅途中解決燃眉之急的幫手，也可以昇華成為交朋友、交流文化的工具，讓你的旅程留下更多動人的回憶。所以特別增設「溝通對話」主題，設想初次與法國朋友打交道的種種話題，讓你跟新朋友也 能侃侃而談。

- 每個小單元均提供QR code掃描可下載音檔，若不便用手機下載者，請輸入以下網址，進入播放頁面後，按右鍵選擇「另存新檔」，即可存取mp3檔案。
  http://epaper.morningstar.com.tw/mp3/0130012/00-01.mp3

依QR code旁邊的檔名key入

下載畫面示範：

(1)先將網址輸入

(2)出現播放的頁面，記得要調整音量。

0:06

(3) 按右鍵選擇「另存新檔」。

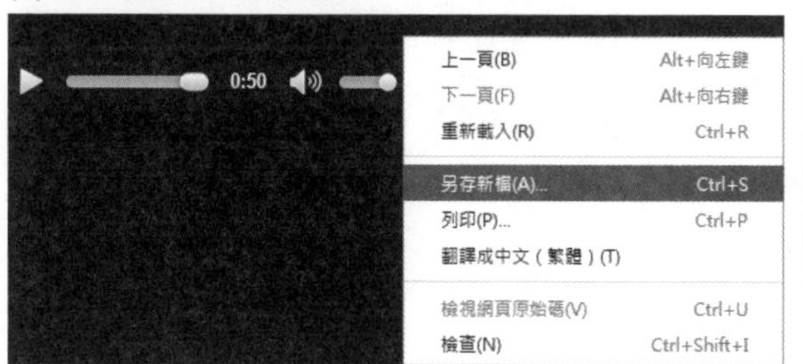

補充說明

若欲下載一整章的音檔。本書共有八章，請輸入檔名即可下載。
第 1 章 01
第 2 章 02
…… 依此類推

作者序

《開始遊法國說法語》一書自初版上市至今，算算居然也有九個年頭過去了，中間經歷了金融海嘯、歐元狂跌、兩屆世界杯和巴黎恐攻等全球矚目的大事件。在這個資訊飛速傳遞的年代，法國好像離我們更近了；就好像這麼多年以來，法語除了依然不變地仍是我生活的一部份，甚至從數年前接觸葡萄酒產業開始，還有了更多的運用機會。

舊版曾經過小幅度的修正，得到過雖為數不多但頗為正面的迴響，還曾經在偶然中牽了線，讓卡兒跟買了書卻不知我本名的朋友驚喜相認。正因有那麼多朋友跟我一樣，對法文之美一見傾心，我衷心希望本書的舊雨新知，在這本小書的協助之下，能更容易地突破口語和心理障礙，輕鬆自在地以法語交流。

此次推出的全新修訂版，捨棄了地圖、交通方式等能輕易取得的資訊，改以前一版所沒有的情境實用字句取代，同時在近年多有涉獵的葡萄酒領域上也有所補強。尤其值得欣喜的是，以往許多讀者一直希望納入的讀音檔，新版也終於能以 QR code 的方式於線上提供，算是補足了一項缺憾。此外，為了慶祝新版問世，本人特別不免俗地開設了粉絲專頁，歡迎各方熱愛法國文化、旅遊與法語的朋友們，常上來交流各類新訊與心得。

卡兒

臉書專頁「開始說法語，喝美酒」：www.facebook.com/frenchabc

法國全國地圖

01 北加萊海峽 Nord Pas-de-Calais
nohr pah-duh-kah-lay
02 庇卡底省 Pciardie
pee-kahr-dee
03 諾曼地 Normandie
nohr-manh-dee
04 巴黎大區 Ile de France
eel- duh- franhs
05 香檳亞丁 Champagne-Ardenne
chanh-pahny-ahr-deen
06 洛林 Lorraine
loh-rehn
07 阿爾薩斯 Alsace
ahl-zahs
08 布列塔尼 Bretagne
bruh-tahny
09 羅亞爾河下游 Pays de la Loire
pay-ee -duh -lah -lwahr
10 羅亞爾河谷 Centre Val de Loire
sanh-thr vahl duh lwahr
11 布根地 Bourgogne
boohr-goh-ny

12 弗朗什-孔泰 Franche-Comté
franhsh-konh-tay
13 普瓦圖-夏朗德 Poitou-Charentes
pwa-too-shahr-ranht
14 利穆贊 Limousin
lee-moo-senh
15 奧維涅 Auvergne
oh-vehr-ny
16 隆河-阿爾卑斯山 Rhône-Alpes
rohn-ahlp
17 亞吉丹 Aquitaine
ah-kee-tehn
18 南部庇里牛斯山 Midi-Pyrénées
mee-dee-pee-ray-nay
19 朗格多克胡希詠 Languedoc-Roussillon
lanhg-dohc-roo-see-yonh
20 普羅旺斯 Provence-Alpes-Côte d'Azur
pro- venhs- ahlp- coht- dah-zewhr
21 蔚藍海岸 Riviera Côte d'Azur
ree-vee-ay-rah coht- dah-zewhr
22 科西嘉島 Corse
kohrs

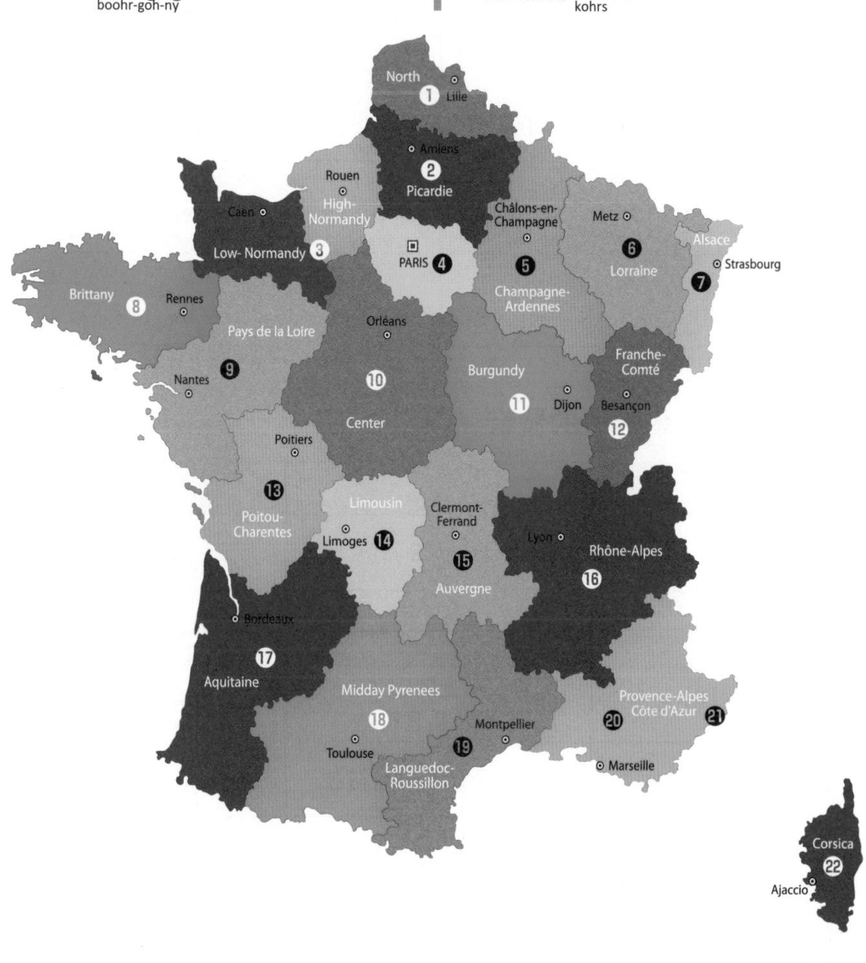

發音與文法

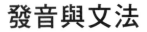

法文的字母除了添加不同重音的「a」、「e」、「i」、「o」、「u」，以及 o 和 e 的合體「œ」以外，可說大致與英文的 26 個字母相同，不過其發音卻大相逕庭，而且還有不少不規則性和特有發音。以下特別採用國際音標與羅馬拼音並列的方式加以說明，讓讀者能藉由相互對照而更加瞭解，同時也作為內文中所標示發音之參考。

法語字母發音表

A [ɑ] ah	B [be] bay	C [se] say	D [de] day	E [ə] uh	F [ɛf] ef
G [ʒe] zhay	H [aʃ] ahsh	I [i] ee	J [ʒi] zhee	K [ka] ka	L [ɛl] el
M [ɛm] em	N [ɛn] en	O [o] oh	P [pe] pay	Q [ky] kew	R [ɛr] ehr
S [ɛs] es	T [te] tay	U [y] ew	V [ve] vay	W [dubləve] doo-bluh-vay	X [iks] eeks
Y [igrɛk] eeg-hrek			Z [zɛd] zed		

常見特殊字母在單字中的發音

特殊字母	符號表示解碼	發音例
Ç [s] s	C 加上小 S 符號	ça（這個） sa
É [e] ay	E 加上閉口 / 尖音符號	école（學校） aykol
È和Ê [ɛ] e e	E 加上閉口 / 重音及長音符號	élève（學生） aylev
Î 和 Ï [i] ee ee	I 加上長音和分音符號	île（島嶼） eel
ŒU [œ] uh	O 和 E 加上 U	oeuf（蛋） uhf

幾項實用的發音規則：

- ■母音緊接著一個「m」或「n」便發鼻音，如 vent([vã]，風)，本書中羅馬拼音標為～nh。
- ■字尾的「e」多數為「e muet」(啞音)不發音。
- ■放在字尾的子音 b、c、f、g、l、q 通常都要發音。
- ■放在字尾的子音 d、p、s、t、x、z 通常都不發音。
- ■「oi」同時出現時發為 [wa]，音似ㄨㄚ(輕聲)，如 roi(*hwa*，國王)。
- ■「il」或「ill」唸成半母音 [j]，音似ㄧㄜ(輕聲)，如 feuille(*fuhy*，葉子)。
- ■「h」在法文中從不發音，但卻有「h muet」(啞音)與「h aspiré」(嘘音)之分，以前者開頭的字必須做聯誦 (liaison)，如 homme(*om*，人)，後者則不行，如 héros(*ay-rho*，英雄)。

語調上須注意：

- ■說話時，除了問句尾調上揚之外，其餘為往下墜。
- ■句中若前後字為子音結尾接母音起頭，通常會做聯誦或連音 (enchaînement)，不習慣的話可以一字字分開唸，本書中已將慣用唸法標入。

法文文法概要

【詞性與冠詞】

法文名詞均有陰陽性之分，加上單複數的差異，句中相關的冠詞、形容詞甚至動詞等都會受到影響而有所變化。一般而言，以 e、tion 結尾的詞多為陰性，不過卻非絕對原則；為方便讀者運用，本書對於詞性的標示如下：陽性名詞＝(m.)、陰性名詞＝(f.)、複數＝(pl.)。名詞大多必須與冠詞連用，不會單獨存在，因此必須視其詞性來選擇連用的冠詞，如下：

	不定冠詞 （英語的a、some）	定冠詞 （英語的the）	指示形容詞 （this、that、these、those）
陽性單數	un uhnh	le luh	ce suh
陰性單數	une ewn	la lah	cette set
陽與陰性複數	des day	les lay	ces say

注意

※ 無論陰性或陽性單數名詞，若為母音開頭，碰上 le 或 la 時必須去掉冠詞的 e 或 a，加上省字撇變成一個字，如 l'école(*laykol*，學校)。

※ 母音開頭的陽性單數名詞若使用「ce」時，必須在其字尾多加一個「t」便於聯誦，如 cet écolier(*seh tay-ko-lyay*，這個小學生)。

【人稱代名詞】

	主詞	受詞	所有格（m. / f. / pl.）
我（第一人稱單數）	je zhuh	moi mwa	mon / ma / mes monh mah may
你（第二人稱單數）	tu tew	toi twa	ton / ta / tes tonh tah tay
他 / 她 / 大家、有人或我們（第三人稱單數）	il / elle / on eel el onh	lui / elle lew-ee el	son / sa / ses sonh sah say
我們（第一人稱複數）	nous noo	nous noo	notre / nos nothr noh
你們或您（第二人稱複 / 單數）	vous voo	vous voo	votre / vos vothr voh
他們 / 她們（第三人稱複數）	ils / elles eel el	eux / elles uh el	leur / leurs luhr luhr

注意

※ 遇到複數的情況，只要當中有一者為陽性 (男性)，均應當做陽性 (ils/ eux) 看待。

※ 所有格陰陽性的選用，視乎後接名詞的屬性，比如 ma mère(*mah mehr*，我母親)，「mère」是陰性，故選用第一人稱陰性所有格。但若遇到後面是母音開頭的名詞，為了讀音的優美順暢，便一定得用陽性所有格，如 son amie(*sonh nah-mee*，他╱她的女性友人)。

【動詞與時態】

法文的動詞分為三大類，時態也有十數種，每種都必須依人稱之不同來做變化，雖然有規則可循，卻偏偏又有那三不五時來攪局的「不規則」和「例外」，實在讓許多初學者傷透腦筋。不過說到底，真正常用的也就是那幾樣，只要摸熟了，就不是那麼難記。以下便列出幾個基本的動詞變化與時態，以便使用時參照。

兩大助動詞現在式變化表

主詞 ＼ 原型	être *v.* （*ethr*，相當英語的be）	avoir *v.* （*ah-vwahr*，相當英語的have）
je	suis swee	ai (j'ai) ay zhay
tu	es ay	as ah
il / elle / on	est ay	a ah
nous	sommes som	avons ah-vonh
vous	êtes et	avez ah-vay
ils / elles	sont sonh	ont onh

說明：

「être」和「avoir」以現在式單獨使用時，可表達「是、在」與「有」之意；若作為助動詞和其他動詞的分詞連用，則可表達出過去式、條件式等其他時態，因此在句型結構上經常是不可或缺的。

此外，尚須注意：

※「je」這個主詞遇到母音開頭的動詞都必須將「e」省略，與動詞合併並加上省字撇，如表中所示。

※ 第三人稱單數以及所有複數人稱的主詞，後接母音開頭的動詞都會有連音的情形，比如「il est ～」(他是～)應唸作「*ee lay*」，「nous avons ～」(我們有～)應唸作「*noo zah-vonh*」(字尾的 s 連音時應讀成「z」的音)，所以背誦時連主詞一起背，是較明智的作法。

現在式動詞變化規則

主詞 \ 原型	第一類：er結尾	第二類：ir結尾
	parl**er** *v.* （*pahr-lay*，講 / 談論）	fin**ir** *v.* （*fee-neehr*，完成 / 結束）
je	parl**e** pahrl	fini**s** fee-nee
tu	parl**es** pahrl	fini**s** fee-nee
il / elle / on	parl**e** pahrl	fini**t** fee-nee
nous	parl**ons** pahr-lonh	fini**ssons** fee-nee-sonh
vous	parl**ez** pahr-lay	fini**ssez** fee-nee-say
ils / elles	parl**ent** pahrl	fini**ssent** fee-nees

說明：

第一、第二類的動詞均為以「er」、「ir」結尾的動詞，其變化除了某些因應發音需求所做的調整之外，均為將前述字尾去掉後，按人稱加上粗體標示的部分即可。

至於第三類動詞，則為無法規類為前兩類的其他動詞，雖然也有某些固定型態可依循，但不規則的情況較為明顯，因此另將當中幾個重要動詞變化簡列於下。

主要第三類動詞現在式變化表

主詞 \ 原型	aller *v.* （*ah-lay*，去）	pouvoir *v.* （*poo-vwahr*，能 / 可以）	vouloir *v.* （*voo-lwahr*，要 / 願意）
je	vais vay	peux puh	veux vuh
tu	vas vah	peux puh	veux vuh
il / elle / on	va vah	peut puh	veut vuh
nous	allons ah-lonh	pouvons poo-vonh	voulons voo-lonh
vous	allez ah-lay	pouvez poo-vay	voulez voo-lay
ils / elles	vont vonh	peuvent puhv	veulent vuhl

主詞 \ 原型	devoir *v.*（*duh-vwahr*，應該）	savoir *v.*（*sah-vwahr*，知道）	faire *v.*（*fehr*，做）
je	dois dwa	sais say	fais fay
tu	dois dwa	sais say	fais fay
il / elle / on	doit dwa	sait say	fait fay
nous	devons duh-vonh	savons sah-vonh	faisons fuh-zonh
vous	devez duh-vay	savez sah-vay	faites feht
ils / elles	doivent dwav	savent sahv	font fonh

主詞 \ 原型	prendre *v.*（*pranh-dhr*，拿）	connaître *v.*（*ko-ne-thr*，認識）	croire *v.*（*krwa-hr*，相信）
je	prends pranh	connais ko-neh	crois krwah
tu	prends pranh	connais ko-neh	crois krwah
il / elle / on	prend pranh	connaît ko-neh	croit krwah
nous	prenons pruh-nonh	connaissons ko-ne-sonh	croyons krwa-yonh
vous	prenez pruh-nay	connaissez ko-ne-say	croyez krwa-yay
ils / elles	prennent pren	connaissent ko-nehs	croient krwah

三種常用基本時態

時態(temps)	句型結構	解說與範例
近未來式 (le futur proche)	主詞＋「aller」現在式變化＋原型動詞	表達不久後即將發生的事情和動作。 Ex. Il va arriver bientôt. (他馬上就到。)
現在式 (le présent)	主詞＋現在式動詞變化	指出當前的動作與狀態。 Ex. Je suis chez mes amis. (我在朋友家裡。)
複合過去式 (le passé composé)	主詞＋ avoir / être 現在式變化＋過去分詞	表示過去已經發生且完成的事實與動作。 Ex. Ils ont changé d'avis. (他們改變主意了。)

注意

在複合過去式時態中，必須使用「être」作為助動詞的只有少數特定的動詞，以及使用反身動詞、被動句法等等的情況。不過，只要助動詞用的是「être」，後面的過去分詞必須配合主詞陰陽性與單複數做變化，例如——

Ex. Elle est arrivée ce matin.
（她今天早上到的。）

Ex. Nous sommes venus vous voir.
（我們是來看你們的。）

其他關於文法和句型較細節的部分，將於章節中搭配例句而有進一步的說明。

Paris

第一章

基本單字

basic words

雖然常聽人說「法文好難」，希望能脫口說法語的你可別因此卻步！即使只是簡單的一句「Bonjour」，也能讓你有多一分實際體驗當地生活的成就感喔！那麼就從基本用字開始，大方地與法國人打聲招呼吧！

1-1

問候語

Salutations

在歐洲，人與人見面時，無論彼此熟識與否都會先親切地打聲招呼，到商店購物和付完帳離開前也都會以這些慣用語來應對，這時如果總是一語不發的話，那可就失禮囉！所以，先把這些基本問安話牢記備用準沒錯。

你好。
Bonjour.
bonh-zhoohr
Hello.

再見。
Au revoir.
o hr-vwahr
Goodbye.

晚上好。
Bonsoir.
bonh-swah
Good evening.

晚安（祝晚間愉快）。
Bonne soirée.
bun swah-ray
Have a nice evening.

晚安（祝一夜好眠）。
Bonne nuit.
bun nwee
Good night.

後會有期。
À bientôt.
ah bee-enh-to
See you soon.

請 / *麻煩一下*。
S'il vous plaît.
seel voo pleh
Please.

多謝。
Merci beaucoup.
mehr-see boh-koo
Thank you very much.

不客氣。
Je vous en prie.
zhuh voo zanh pree
You are welcome.

對不起。
Je suis désolé(e).
zhuh swee day-zo-lay
I'm sorry.

沒關係。
Ce n'est pas grave.
suh nay pah ghav
It's no big deal.

抱歉。/ 不好意思。
Pardon. / Excusez-moi.
pahr-donh ek-skew-zay-mwa
Pardon. / Excuse me.

1-2

肯定與否定
Affirmation et négation

法語中用來表達肯定與否定的用語相當多，應用時只要把握住一個要訣，便是先以「Oui」或「Non」起頭來回答問題，便能準確地讓對方瞭解自己的意見。

是
Oui.
oo-ee
Yes.

不是
Non.
nonh
No.

是
Si.
see
Yes.

法語中回答是與不是的判定方式與英語相同，只不過在回答否定疑問句時，若回答是肯定的會改用「Si」，例如：
Q : N'en es-tu pas sûr ?（*nanh nay-tew pah sewr*，這件事你不確定嗎？）
A : Si, j'en suis sûr.（*see zhanh swee sewr*，不，我確定。）

我了解了。
Je comprends. / Je vois.
zhuh konh-prenh / zhuh vwa
I see.

我不懂。
Je ne comprends pas.
zhuh nuh konh-prenh pah
I don't understand.

好。/ 當然。/ 沒問題。
D'accord. / Bien sûr. / Pas de problème.
da-kor bee-enh sewr pah duh pro-blehm
OK. / Sure. / No problem.

對不起，可我沒辦法。

Désolé(e), mais je ne peux pas.

day-zo-lay may zhuh nuh puh pah

● Sorry, but I can't.

您說的有理。

Vous avez raison.

voo za-vay ray-zonh

● You're right.

這不可能。

Ce n'est pas possible.

suh nay pah po-seebl

● It's impossible.

是這樣沒錯。

C'est (bien) ça.

say (bee-enh) sah

● That's right.

啊，是嗎？

Ah bon ?

ah bonh

● Oh really?

我沒問題。 / 我可以。

Ça va pour moi.

sah vah poohr mwa

● It's fine by me.

不行。 / 免談。

Pas question.

pah kehs-tee-onh

● No way.

疑問
Interrogation

學好基本詢問字詞，在旅途中一定能派上用場；不需長篇大論便能開口提問，別人問問題時也容易抓住句首的重點來回答，絕對讓人有一招半式闖天下的成就感。

什麼？
Quoi ?
kwa
What?

誰？
Qui ?
kee
Who?

什麼時候？
Quand ?
kanh
When?

在哪裡？
Où ?
oo
Where?

為什麼？
Pourquoi ?
poohr-kwa
Why?

怎麼？／什麼？
Comment ?
konh-manh
How? / What?

跟誰？
Avec qui ?
ah-vek kee
With whom?

幾樓？
Quel étage ?
keh lay-ta-zhe
Which floor?

幾點？
Quelle heure ?
keh luhr
What time?

哪一個？
Lequel ? *m.* / **Laquelle ?** *f.*
luh-kehl la-kehl
Which one?

怎麼辦？
Comment faire?
konh-manh fehr
What do we do?

多少？
Combien ?
konh-bee-enh
How much? / How many?

基本單字
打開話匣
交通
探索美食
觀光遊覽
購物血拼
住宿
出狀況

請託
Demander un service

旅途中難免會經常碰上需要別人幫忙的情況，這便是這類句型可以派上用場的時機，記得開口請求別人的同時，該有的招呼禮數可不能少，如此才能提高對方幫忙的意願，也替自己留下個好印象。

不好意思打擾一下。

Excusez-moi de vous déranger

ek-skew-zay-mwa duh voo day-ranh-zhay

● Sorry to disturb you.

我想要～。

Je voudrais ～ .

zhuh voo-dray

● I'd like ～ .

我在找～。

Je cherche ～ .

zhuh shehrsh

● I'm looking for ～ .

您有沒有～？

Est-ce que vous avez ～ ?

ehs kuh voo za-vay

● Do you have ～ ?

可否麻煩您～？

Pourriez-vous ～ ?

poo-ree-ay-voo

● Could you please ～ ?

我可不可以～？

Je peux ～ ?

zhuh puh

● Can I ～?

謝謝，您人真好。

Merci, c'est très gentil.

mayh-see say tray zhanh-tee

● Thanks, you are so kind.

您說什麼？

Comment ? / Pardon ?

konh-manh pahr-donh

● Pardon?

請再說一次。

Répétez, s'il vous plaît.

ray-pay-tay seel voo pleh

● Please repeat it.

可以請您把它寫下來嗎？

Pouvez-vous l'écrire, s'il vous plaît ?

poo-vay-voo lay-kreehr seel voo pleh

● Can you write it down, please?

這怎麼唸？

Comment prononce-t-on cela ?

konh-manh pro-nonhs-tonh suh-lah

● How to pronounce it?

可以麻煩您說得更仔細些嗎？

Pourriez-vous me donner plus de détails ?

poo-ree-ay-voo muh do-nay plew duh day-ta-yu

● Could you give me more details?

1-5

數字

Chiffres et nombres

法語的數字除了 70、80 和 90 的說法較特別之外，其餘都很規則化，只要稍微花心思背誦應該很快能上手。口頭運用時應特別注意發音，如果還不熟稔的話，建議搭配肢體語言來表達，遇到重要情況時最好可以寫在紙上確認，以免因誤解而帶來不必要的麻煩。

0	zéro zay-ho
1	un uhnh
2	deux duh
3	trois trwa
4	quatre kathr
5	cinq senhk
6	six sees
7	sept seht
8	huit weet
9	neuf nuhf
10	dix dees
11	onze onhz

12	douze dooz
13	treize trehz
14	quatorze kah-tohrz
15	quinze kenhz
16	seize sehz
17	dix-sept dee-seht
18	dix-huit dee-zweet
19	dix-neuf dees-nuhf
20	vingt venh
21	vingt-et-un venh-tay-uhnh
22	vingt-deux venh-duh
30	trente tranht

法語也是比利時和瑞士的官方語言，但儘管與法國相鄰，當地 70、80 和 90 的説法並不盡相同：
70 = septante(*seh-tanht*)
80 = quatre-vingts 或 huitante / octante(*wee-tanht* / *ok-tanht*，瑞士 / 比利時)
90 = nonante(*no-nanht*)

40	quarante ka-ranht	第一	premier *m.* / première *f.* pruh-mee-ay preh-mee-yehr
50	cinquante senh-kanht	第二	deuxième duh-zee-yehm
60	soixante swa-sanht	第三	troisième trwa-zee-yehm
70	soixante-dix swa-sanht-dees	最後一個	dernier *m.* / dernière *f.* dayhr-nyay day-nee-yehr
71	soixante-et-onze swa-sanh-tay-onhz	一次	une fois yun fwa
80	quatre-vingts kathr-venh	兩次 / 兩倍	deux fois duh fwa
90	quatre-vingt-dix kathr-venh-dees	兩倍	double doobl
100	cent sanh	整個 / 全部	entier anh-tee-yay
1000	mille meel	一半	demi(e) / moitié duh-mee mwa-tee-yay
10,000 / 1 萬	dix mille dee meel	1 / 3	un tiers uhnh tee-yay
100,000 /10 萬	cent mille sanh meel	1 / 4	un quart uhnh kahr
1,000,000 / 百萬	un million uhnh mee-lee-onh	3 / 4	trois quarts trwa kahr

基本單字
打開話匣
交通
探索美食
觀光遊覽
購物血拼
住宿
出狀況

時間與樓層

Heures et étages

法語時間的說法與英語類似，除了可以「刻」來取代「15 分」之外，30 分以後的表達方式亦分為兩種，也就是幾點幾分的直述法和減法，兩種都算常見，必須特別注意以免搞混；樓層方面則是以「底層」來表示我們的一樓，坐電梯時可別按錯了！

時間
temps *m.*
tanh
time

小時
heure *f.*
uhr
hour

分鐘
minute *f.*
mee-nyut
minute

秒鐘
seconde *f.*
suh-konhd
second

刻 (15 分)
quart *m.*
kahr
quarter

(幾點) 半
demie *f.*
duh-mee
half

一小時
une heure
yu nuhr
an hour

半小時
une demi-heure
yun duh-mee-yuhr
a half hour

一刻鐘
un quart d'heure
uhnh kahr duhr
a quarter of an hour

上午
matin *m.*
ma-tenh
morning

中午
midi *m.*
mee-dee
noon

下午
après-midi *m.*
ah-preh-mee-dee
afternoon

晚上
soir *m.*
swahr
evening / night

午夜
minuit *m.*
mee-nwee
midnight

日
jour *m.*
zhoohr
day

夜
nuit *f.*
nwee
night

在 (幾點)
à
ah
at

在～之前
avant ～
ah-vanh
before ～

在法國，除了某些行業和公眾服務系統（如電視、火車時刻等）會使用 24 小時制來表達時間，一般口語上採用 12 小時制即可；不過如此一來，為了明確表達出時間，便得在後面加上早上、下午、晚上，例如：
-9h du soir（晚上 9:00）
-2h de l'après-midi（下午 2:00）
-4h du matin（凌晨 4:00）

1:10
une heure dix
yu nuhr dees
ten past one

3:15
trois heures et quart
trwa zuhr ay kahr
quarter past three

5:30
cinq heures et demie
senh kuhr ay duh-mee
half past five

7:35
sept heures trente-cinq
seh tuhr tranht-senhk
seven thirty-five

9:40(再 20 分 10 點)
dix heures moins vingt
dee zuhr mwanh venh
twenty to ten

11:45 (再 15 分正午 / 午夜)
midi / minuit moins le quart
mee-dee mee-nwee mwanh luh kahr
a quarter to noon / midnight

10:55(再 5 分 11 點)
onze heures moins cinq
onh zuhr mwanh senhk
five to eleven

8:00 整
huit heures précises
wee tuhr pray-seez
eight o'clock exactly

30 分以後用直述法或減法都是可行的，比如 7:35 也可說成 huit heures moins vingt-cinq，以此類推。

地下室 / 地窖
sous-sol / cave
soo-sol kav
basement / cellar

一樓
rez-de-chaussée
ray-duh-sho-say
ground floor

二樓
premier étage
pruh-mee-ay ay-ta-zhe
first floor

三樓
deuxième étage
duh-zee-yehm ay-ta-zhe
second floor

常見的樓層縮寫為：RDC（一樓）、1er étage（二樓）、2ème 或 2e étage（三樓）等等。

1-7

星期．月份．季節

Jours, mois et saisons

法文中寫到星期與月份時都不需特別大寫，而標示年月日的正規順序是星期、日期、月份和西元年，跟我們平時的習慣有所不同，這一點請在書寫和讀取時留心一下。

日期的表達方式除了 1 日是採序數 (premier) 以外，其餘只要在數字前加上冠詞「le」即可，比如 2007 年 11 月 30 日的寫法為：le 30 novembre 2007，簡寫成 30 / 11 / 2007。

星期一
lundi
luhnh-dee
Monday

星期二
mardi
mahr-dee
Tuesday

星期三
mercredi
meh-kruh-dee
Wednesday

星期四
jeudi
zhuh-dee
Thursday

星期五
vendredi
venh-druh-dee
Friday

星期六
samedi
sam-dee
Saturday

星期日
dimanche
dee-manh-sh
Sunday

週末
weekend
wee-kenhd
weekend

一月
janvier
zhanh-vee-yay
January

二月
février
fay-vree-yay
February

三月
mars
mahrs
March

四月
avril
ah-vreel
April

五月
mai
may
May

六月
juin
zhwenh
June

七月
juillet
zhew-ee-ay
July

八月
août
oot
August

九月
septembre
sehp-tanh-bruh
September

十月
octobre
ok-toh-bruh
October

十一月
novembre
no-vanh-bruh
November

十二月
décembre
day-sanh-bruh
December

春
printemps
prenh-tanh
spring

夏
été
ay-tay
summer

秋
automne
oh-tonhn
autumn / fall

冬
hiver
ee-vehr
winter

1-8

時與日的表達

Expression du temps

「dernier / passé」與「prochain」是代表「上一個」與「下一個」的形容詞，因此「下週一」可以直接說「lundi prochain」。法語中「年」的說法有兩種，一是陽性的「an」，另一為陰性的「année」，有時兩者可以通用，比如去年也可以說成「l'année dernière」。

昨天
hier
ee-yehr
yesterday

今天
aujourd'hui
oh-zhoohr-dwee
today

明天
demain
duh-menh
tomorrow

天天
tous les jours
too lay zhoohr
every day

今夜 / 昨夜
cette nuit
seht nwee
last night / tonight

昨天早上
hier matin
ee-yehr ma-tenh
yesterday morning

上週
la semaine dernière
lah suh-mehn dehr-nee-yehr
last week

明天晚上
demain soir
duh-menh swahr
tomorrow evening

本週
cette semaine
seht suh-mehn
this week

下週
la semaine prochaine
lah suh-mehn proh-shen
next week

每週
chaque semaine
shak suh-mehn
each week

這個月
ce mois-ci
suh mwa-see
this month

下個月
le mois prochain
luh mwa proh-shenh
next month

上個月
le mois passé
luh mwa pah-say
last month

今年
cette année
seh tah-nay
this year

明年
l'année prochaine
lah-nay proh-shen
next year

1-9

貨幣及常用單位

Monnaie et mesure

法國自 2002 年起全面改用歐盟國家的共同貨幣——歐元，其代表符號為「€」，幣別代號為 EUR，面額為最小 1 歐分、最大 500 歐元，1 歐元＝ 100 歐分，面額採十進位與二進位並用制。

1 歐分
un centime d'euro / cent(ime)
uhnh sanh-teem duh-roh sanh (teem)
one euro cent

1 歐元
un euro
uhnh nuh-ro
one euro

長度
longueur *f.*
lonh-guhr
length

公里
kilomètre *m.*
kee-loh-methr
kilometer

公尺
mètre *m.*
methr
meter

公分
centimètre *m.*
sanh-tee-methr
centimeter

重量
poids *m.*
pwa
weight

公噸
tonne *f.*
tohn
ton

公斤
kilo *m.*
kee-loh
kilogram

公克
gramme *m.*
ghram
gram

容量
contenance *f.*
konh-tuh-nanhs
capacity

公升
litre *m.*
lee-thr
liter

面積
surface *f.*
sewhr-fahs
area

平方公尺
mètre carré *m.*
methr kah-ray
square meter

20 歐分 / 20 分
vingt centime d'euro / cent(ime)s
venh sanh-teemduh-roh sanh (teem)
twenty (euro) cents

EUR 20.49 / 20.49 €
vingt euros quarante-neuf
venh tuh-ro ka-ranht-nuhf
twenty euros forty-nine

第二章

打開話匣

communication

人與人之間的交流，是增添旅途樂趣不可或缺的一環。即使對法文所知有限，不妨大膽地開口與當地人對談，在把握難得學習機會的同時，還能結交新朋友，進一步瞭解法國人的生活與文化呢！

初次見面
Première rencontre

法語中有所謂的「vouvoyer」（*voo-vwa-yay*）與「tutoyer」（*tew-twa-yay*）之分。顧名思義，前者是指以「vous」（您）來稱呼對方，後者則是直接用「tu」（你）。一般而言，初次見面、公事上的往來以及正式場合，「vouvoyer」是基本禮儀，因此長輩同樣會尊稱晚輩為「vous」，這與年紀並沒有絕對的關係。不過，日常生活中，尤其是年輕人之間，經常是交談個三、兩句，或甚至一見面就直接開門見山地以「tu」來稱呼對方。如果沒有把握的話，不妨在改口稱對方「tu」之前先詢問一下，以免失禮。

您好。／您好嗎？
Comment allez-vous ?
konh-manh　tah-lay-voo
● How do you do. / How are you?

（我）很好，謝謝。
Très bien, merci.
treh　byenh　mehr-see
● Very well, thank you.

很高興認識您（男性用／女性用）。
Ravi(e) de faire votre connaissance.
rah-vee　duh fehr　voh-tr　koh-nay-sanhs
● It's a pleasure to meet you.

幸會。
Enchanté(e).
anh-shanh-tay
● Nice to meet you.

我們可以用「你」來稱呼彼此嗎？
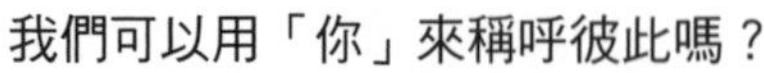
Peut-on se tutoyer ?
puh-tonh　suh tew-twa-yay
● Can we address each other by“tu”？

年輕人和熟人之間，包含「tutoyer」時及較不拘禮節的問安，則簡化為下列常用句：

嗨。
Salut.
sah-lew
Hi.

好久不見。
Ça fait longtemps !
sah fay lonh-tanh
Long time no see.

一切都好嗎？
Ça va ?
sah vah
How's it going?

很好啊，你呢？
Ça va bien, et toi ?
sah vah byenh ay twa
Fine, and you?

還不錯。
Pas mal.
pah mal
Not bad.

馬馬虎虎。
Comme ci comme ça.
kohm see kohm sah
So so.

待會兒見。
À tout à l'heure.
ah too tah luhr
See you later.

明天見。
À demain.
ah duh-menh
See you tomorrow.

下次再見。
À la prochaine.
ah lah pro-shehn
See you next time.

掰掰。
Salut / Ciao.
sah-lew / qiao
Bye.

自我介紹

Présentation de soi-même

台灣人多數都有取英文名字的習慣。自我介紹時用自己慣用的外文別名，對當地人來說通常會比較好記；如果是比較熟一點，或者相處時間長些的朋友，也可告知對方自己的中文名字。如此除了更能代表自己的文化背景之外，對法國友人來說，即使發音不怎麼標準，也比用西方名字來稱呼亞洲朋友，更顯得親切、自然和富有意義。

您叫什麼名字？

Comment vous appelez vous ?

konh-manh voo zah-puh-lay voo

● What is your name?

我叫娜塔莉，您呢？

Je m'appelle Nathalie, et vous ?

zhuh mah-pehl nah-tah-lee ay voo

● My name is Natalie, and you?

您來自哪裡？

D'où venez-vous ?

doo vuh-nayvoo

● Where are you from?

我來自台灣。

Je viens de Taïwan.

zhuh vyenh duh tah-ee-wanh

● I come from Taiwan.

我是台灣人（男性／女性）。

Je suis taïwanais / taïwanaise.

zhuh swee tah-ee-wa-nay / tah-ee-wa-nehz

● I'm Taiwanese.

我正在度假。

Je suis en vacances.

zhuh swee anh vah-kanhs

I'm on vacation.

我一個人／跟朋友一起旅行。

Je voyage seul(e) / avec des amis.

zhuh vwa-ya-zh suhl / ah-vek day zah-mee

I'm traveling by myself / with friends.

我是跟團來的。

Je suis venu(e) en groupe organisé.

zhuh swee vuh-new anh groop ohr-gah-nee-zay

I'm here with a tourist group.

法國常見各地人專屬名稱（做形容詞用時，字首小寫）

巴黎人（男／女）

Parisien / Parisienne

pah-rhee-zee-anh / pah-rhee-zee-ehn

馬賽人（男／女）

Marseillais / Marseillaise

mahr-say-yay / mahr-say-yehz

里昂人（男／女）

Lyonnais / Lyonnaise

lyonh-nay / lyonh-nehz

邀約
Invitation

只要適當地留心自身安全，不管是問路時遇到的善心人士，還是相請不如偶遇的新朋友，都能讓旅程增色不少。與他人相約時，請記得要對方寫下地址，說明確切的地標、地鐵站出口，和留下聯絡電話號碼，以備不時之需。上餐廳或咖啡館時，除非對方表示要請客（Je vous invite / Je t'invite，*zhuh voo enh-veet / zhuh tenh-veet*），否則都是各付各的。

可以跟您一起坐嗎／可以加入你們嗎？
Je peux me joindre à vous ?
zhuh puh voo zhwanh - dhr
● May I join you?

您／你們想去哪裡？
Où voulez-vous aller ?
oo voo-lay-voo zah-lay
● Where do you want to go?

我可以陪您／你們過去。
Je peux vous accompagner.
zhuh puh voo zah-konh-pah-nyay
● I can accompany you.

如果您／你們願意的話，我可以帶您／你們在城裡四處逛逛。
Si vous voulez, Je peux vous faire visiter la ville.
see voo voo-lay zhuh puh voo fehr vee-zee-tay lah veel
● I can show you around the city if you like.

您／你今天晚上有安排嗎？
Avez-vous / As-tu des plans pour ce soir ?
ah-vay-voo ah-tew day planh poohr suh swahr
● Do you have any plans for tonight?

您／你有興趣一起去喝一杯嗎？

Ça vous / te dit d'aller prendre un verre ensemble ?

sah voo tuh dee dah-lay pranh-dhr uhnh vehr anh-sanhbl

● How do you like to go for a drink with me?

好啊，我很樂意。

Oui, volontiers.

wee voh-lonh-tee-yay

● Yes, I would love to.

可否給我你的手機號碼？

Peux-tu me donner ton numéro de portable ?

puh-tew muh do-nay tonh new-may-hro duh pohr-tahbl

● Can you give me your cell phone number ?

我們明天約在哪裡見面？

Où se voit-on demain ?

oo suh vwa-tonh duh-menh

● Where will we meet tomorrow?

你可以來旅館接我嗎？

Peux-tu passer me prendre à l'hôtel ?

puh-tew pah-say muh pranh-dhr ah lo-tehl

● Can you pick me up at the hotel?

2-4

致歉和婉拒

Se faire excuser

出門旅行時總是胸懷大志，常常以為時間很充裕，將行程排得滿檔，結果卻非總能盡如人意；因此，與人有約時，需注意時間上的拿捏。而該拒絕的邀約，便得毫不猶豫地一口回絕。

抱歉，我該走了。

Excusez-moi, je dois y aller.

ehks-kew-zay-mwa zhuh dwa ee ah-lay

● Excuse me, I have to go.

對不起，我可能會遲到 10 分鐘。

Désolé(e), j'aurai 10 minutes de retard.

day-zoh-lay zho-ray dee mee-newt duh ruh-tahr

● Sorry, I may be 10 minutes late.

您真好心，但我沒有時間。

C'est très gentil mais je n'ai pas le temps.

say treh zhanh-tee may zhuh nay pah luh tanh

● That's very nice of you, but I don't have time.

對不起，我不感興趣。

Je regrette, ça ne m'intéresse pas.

zhuh ruh-greht sah nuh menh-tay-rehs pah

● I'm sorry, that doesn't interest me.

謝謝，可是我們等一下有別的事。

Merci, mais on a d'autres choses à faire plus tard.

mehr-see may onh nah dothr shos ah fehr plew tahr

● Thank you, but we have other things to do later.

句型：否定句－我不～＋～

我不 ① ＋ ② 。

Je ne ① pas ② .

zhuh nuh pah

● I don't ① + ② .

文法解析 → 法文的否定句主要是由「ne ～ pas ～」兩個字構成，分別置於動詞前後，某些動詞和特殊用法可以只用「ne」來代表否定，日常口語中則是經常省略前者，單在動詞後加上「pas」來表達。

①第一人稱動詞變化

會	吃	想
sais	**mange**	**veux**
say	manh-zh	vuh
know	eat	want

②原型動詞／補語

煮咖啡	肉類	自己一個人去
faire du café	**de viande**	**y aller tout(e) seul(e)**
fehr dew kah-fay	duh vyanhd	ee ah-lay too t suhl
(how to) make coffee	meat	to go there alone

2-5 溝通遇到障礙時
Problèmes de communication

我不確定自己有沒有聽懂。

Je ne suis pas sûr(e) d'avoir compris.

zhuh nuh swee pah sewhr dah-vwahr konh-phree

● I'm not sure if I understand.

我法文說得不好。

Je ne parle pas bien le français.

zhuh nuh pahrl pah byenh luh franh-say

● My French is not very good.

請您說慢一點。

Parlez plus lentement, s'il vous plaît.

pahr-lay plew lanht-manh seel voo pleh

● Speak more slowly, please.

這是什麼意思？

Qu'est-ce que ça veut dire ?

kehs kuh sah vuh deehr

● What does this mean?

這個字怎麼拼？

Comment épelez-vous ce mot ?

koh-manh ey-puh-lay-voo suh moh

● How do you spell that word?

您可以解釋得更清楚些嗎？

Pouvez-vous m'expliquer davantage ?

poo-vay-voo mehs-plee-kay dah-vanh-tazh

● Could you explain a bit more about that?

您／你可以用英文解釋嗎？

Pouvez-vous / Peux-tu m'expliquer en anglais ?

poo-vay-voo / puh-tew mehs-plee-kay anh anh-glay

● Can you explain it to me in English?

這法文怎麼說？

Comment le dit-on en français ?

konh-manh luh dee-tonh anh franh-say

● How do you say it in French?

可以請您／你打在我的手機上嗎？

Pouvez-vous / Peux-tu le taper sur mon portable ?

poo-vay-voo / puh-tew luh tah-pay sewhr monh pohr-tahbl

● Can you type this on my mobile phone?

聊聊台灣
Parler de Taïwan

法國雖然是個已開發的大國家，但不少當地人對距離遙遠的亞洲，其實所知非常有限，因此還是難免有人會把「台灣」聽成是「泰國」，甚至以為亞洲人全是同文同種，更別說要一眼看出中國人、台灣人、日本人的差別了。遇到這種情形，花點時間仔細解釋是值得的，免得莫名其妙就被冤枉成了泰國人。

我來自台灣，不是泰國。
Je viens de Taïwan, pas de la Thaïlande.
zhuh vyenh duh tah-ee-wanh pah duh lah tah-ee-lanhd
● I come from Taiwan, not Thailand.

台灣是位於中國大陸東南方的小島。
Taïwan est une petite île située au sud-est de la Chine continentale.
tah-ee-wanh ay tewn puh-teet eel see-tew-ay o sew-dehst duh lah sheen konh-tee-nanhtl
● Taiwan is a small island located off the southeast coast of mainland China.

台灣有約兩千三百萬人口。
La population taïwanaise est d'environ vingt-trois millions d'habitants.
lah po-pew-lah-syonh tah-ee-wa-nehz ay danh-vee-ronh venh-twa mee-lyonh dah-bee-tanh
● The population of Taiwan is about 23 million.

您能區別中國人和日本人嗎？
Arrivez-vous à distinguer un chinois d'un japonais ?
ah-ree-vay-voo ah dees-tenh-gay uhnh shee-nwah duhnh zha-ponh-nay
● Can you distinguish Chinese from Japanese?

其他亞洲國家補充字彙

中國
Chine *f.*
sheen
China

日本
Japon *m.*
zha-ponh
Japan

南韓
Corée du Sud *f.*
koh-ray dew sewd
South Korea

2-7

法國和法語
La France et le français

第一次到歐陸旅遊的人，可能會發現原來講英文也有四處碰壁的一天。尤其法國人一直給人的印象，是相當以母語為傲，即使懂英語也會對觀光客的呼喚充耳不聞。所幸近年來，這種情況似乎有大幅改善的趨勢；撇開觀光景點招攬生意的小販或前來搭訕的怪叔叔不談，許多年輕人的英文程度都不錯，也較樂於協助外地人。若真需要以英語跟路人詢問事情時，不妨試著先以簡單的法語跟對方打招呼，再詢問「Parlez-vous anglais」（*pahr-lay-voo anhg-lay*，您會說英文嗎），便能減少唐突的感覺。

法語是世上最美麗的語言。

Le français est la plus belle langue du monde.

luh franh-say ay la plew behl lanhg dew monhd

● French is the most beautiful language in the world.

法國男生很浪漫。

Les garçons français sont très romantiques.

lay gahr-sonh franh-say sonh treh ro-manh-teek

● French men are very romantic.

巴黎女人時尚又優雅。

Les Parisiennes sont chics et élégantes.

lay pah-rhee-zee-ehn sonh sheek ay ay-lay-ganht

● Parisian women are chic and elegant.

法國名牌在我們國家很流行。

Les marques françaises sont à la mode chez nous.

lay mahrk franh-sayz sonh tah lah mohd shay noo

● French brands are quite the fashion in our country.

補充字彙

講法語的（人或國家）
francophone *a./n.*
franh-ko-fonhn
French-speaking / speaker

夾雜大量英語的法語
franglais *m.*
franh-glay
Franglish

法國腔
accent français *m.*
ak-sanh franh-say
French accent

聊聊天氣
Le temps et la météo

談天氣雖然不太酷，但法國與台灣氣候迥異，除了四季分明、溫差較大以外，各地的氣候各有不同，認真聊起來，可說的題材其實非常豐富。比如法國東南方，尤其是普羅旺斯、地中海沿岸一帶，經常是陽光普照，一年當中鮮少陰雨。這一項得天獨厚的優勢，每每提及總教北方人羨慕不已，也讓當地成為法國人的夢幻度假勝地。

天氣真好啊！
Quel temps magnifique !
kehl tenh ma-nyfeek
● What wonderful weather!

今天幾度？
Quelle est la température aujourd'hui ?
keh lay lah tanh-pay-rah-tewhr oh-zhoohr-dwee
● What is the temperature today?

氣象預報說高溫有 30 度。
La météo dit qu'il fera 30 degrés au maximum.
lah may-tay-oh dee keel fuh-rah tranht duh-gray oh mak-see-monh
● The forecast says the highest temperature will reach 30 degrees.

法國沒有颱風。

Il n'y a pas de typhon en France.

eel nyah pah duh tee-fonh anh franhs

● There are no typhoons in France.

普羅旺斯天氣總是很好。

Il fait toujours beau en Provence.

eel fay too-zhoohr boh anh proh-vanhs

● The weather is always nice in Provence.

句型：描述天氣－明天的天氣會～

聽說明天會～。（描述天氣）

On dit qu'il va ________ demain.

onh dee keel vah duh-mehn

● They say it's going to ______ tomorrow.

文法解析 → 第三人稱單數的「on」這個主詞非常好用，本身有「我們」、「某人」或「有人」等多種意思，因此「on dit」便可解做「聽說」。此外，它的動詞變化也比較簡單和常見，方便好記又以一抵百，說是初學者的好朋友也不為過。至於描述天氣，則跟英文一樣，是以非人稱主詞「il」起頭，在使用上多可搭配動詞「faire」。

下雨	下雪	是陰天	出太陽
pleuvoir *v.*	**neiger** *v.*	**faire gris** *v.*	**avoir du soleil**
pluh-vwahr	nay-zhay	fehr ghree	ah-vwahr dew soh-lehy
rain	snow	be cloudy	be sunny
很冷	很熱	很涼爽	有暴風雨
faire froid	**faire chaud**	**faire frais**	**avoir de l'orage**
fehr fhrwa	fehr sho	fehr fhray	ah-vwahr duh lo-rahzh
be cold	be hot	be cool	be stormy

2-9

慶典與活動

Fêtes et événements

除了傳統節慶，法國各地還會舉辦許多大大小小、全國或地域性的活動，當中知名的有蔚藍海岸的檸檬祭和爵士音樂節、里昂的燈節（Fête des Lumières）、每年 11 月第 3 個星期四的薄酒萊新酒同步開瓶日和阿爾薩斯的傳統聖誕市集（marché de Noël）等等，而坎城影展更擁有全球性的規模和能見度。如果希望有緣躬逢其盛，便得在事前做好完整的規劃，以免失之交臂。

我是來參加紅酒馬拉松的。

Je suis là pour participer au Marathon du Médoc.

zhuh swee lah poohr pah-tee-see-pay oh mah-rah-tonh dew may-dok

● I'm here to participate in the Marathon du Médoc.

今晚我們會去薄酒萊新酒派對。

On va à la fête du Beaujolais nouveau ce soir.

oh vah ah la feht dew boh-zho-lay noo-voh suh swahr

● We'll go to the Beaujolais Nouveau party tonight.

您曾去過亞維農戲劇節嗎？

Avez-vous déjà été au festival d'Avignon ?

ah-vay-voo day-zhah ay-tay oh fehs-tee-vahl dah-vee-nyonh

● Have you ever been to Avignon Festival?

我很喜歡坎城，特別是在影展的時候。

J'adore Cannes, surtout pendant le festival.

zhah-dohr kahn sewhr-too panh-danh luh fehs-tee-vahl

● I love Cannes so much, especially during the festival.

農曆新年是一家團圓的日子。

Le Nouvel an chinois est l'occasion de réunir toute la famille.

luh noo-veh lanh shee-nwa ay loh-kah-syonh duh ray-ew-nyhr toot lah fah-meey

● The Chinese New Year is an occasion for family reunion.

補充字彙

聖誕節
Noël *m.*
noh-ehl
Christmas

元旦
jour de l'An *m.*
zhoohr duh lanh
New Year's Day

復活節
Pâques *m.*
pahk
Easter

國慶
fête nationale *f.*
feht na-syonh-nahl
National Day

除夕（新曆）
réveillon *m.*
ray-vay-yon
New Year's Eve

生日 / 週年紀念日
anniversaire *m.*
ah-nee-vehr-sehr
birthday / anniversary

句型：去某處

我們要去～ / 我們去～吧。
On va ________ __________ .
onh vah
We're going to ～ / Let's go to ～ .

文法解析 → 簡單的「on＋aller現在式變化＋介詞＋地點」句型，除了可單純作為事實現況的陳述，也可用來提議某事，詢問同行人的意見，像是本例句也可以解釋成「我們去某處吧」。需要注意的是，隨著地點的不同，介詞的選用也會改變。

（上）餐館
au restaurant *m.*
oh rays-toh-ranh
the restaurant

機場
à l'aéroport *m.*
ah la-ay-roh-pohr
the airport

美國
aux États Unis *pl.*
oh zay-tah-zew-nee
the United States

奶奶家
chez grand-mère
shay granh -mehr
grandma's house

游泳池（去游泳）
à la piscine *f.*
ahlah pee-seen
the swimming pool

中國
en Chine *f.*
anh sheen
China

2-10

關於自己和家人

Renseignements personnels

閒聊時直接向不熟的女性詢問其年齡和其他太私密的問題是不禮貌的，法國人通常不會這樣做。但這些禁忌在年輕朋友之間，同樣較不受限；尤其亞洲人經常看起來比實際年齡小，也難免會引人好奇。

可以問您幾歲嗎？

Puis-je vous demander votre âge ?

pew-ee-zhuh voo duh-manh-day voh-trahzh

● May I ask how old you are?

您覺得我幾歲？

Quel âge me donnez-vous ?

keh-lahzh muh do-nay-voo

● How old do you think I am?

我 30 歲。

J'ai trente ans.

zhuh tranh-tanh

● I'm thirty years old.

您看起來不像這個歲數（指外貌更年輕）。

Vous ne faîtes pas votre âge.

voo nuh feht pah voh-trahzh

● You don't look your age.

我單身／訂婚／已婚／離婚。

Je suis célibataire / fiancé(e) / marié(e) / divorcé(e).

zhuh swee say-lee-bah-tehr / fee-anh-say / mah-ryay / dee-vohr-say

● I'm single / engaged / married / divorced.

這是我太太 / 我先生。

C'est ma femme / mon mari.

say mah fahm / monh mah-ree

● This is my wife / husband.

您 / 你家中有幾個人？

Combien de personnes y a-t-il dans votre / ta famille ?

konh-byenh duh pehr-son ya-teel danh voh-tr / tah fah-meey

● How many people are there in your family ?

你有兄弟姊妹嗎？

As-tu des frères et sœurs ?

ah-tew day frehr ay seuhr

● Do you have any brothers or sisters?

我是獨生子 / 獨生女。

Je suis fils / fille unique.

zhuh swee fees / feey ew-neek

● I'm the only son / girl.

我父親 / 母親過世了。

Mon père / Ma mère est décédé(e).

monh pehr / mah mehr ay day-say-day

● My father / mother passed away.

基本單字 打開話匣 交通 探索美食 觀光遊覽 購物血拼 住宿 出狀況

補充字彙

法文中代表姻親關係的字是形容詞「beau」(「美麗」之意，陰性即為「belle」)，比如小姑或小姨子就是「belle-sœur」，以此類推。

叔叔、舅舅、姨／姑父
oncle *m.*
onhkl
uncle

阿姨、姑姑、嬸／舅母
tante *f.*
tanht
aunt

堂／表兄弟／姊妹
cousin(e)
koo-zenh / -zeen
cousin

祖父／祖母
grand-père / grand-mère
granh-pehr / granh-mehr
grandfather / grandmother

公公、岳父／婆婆、岳母
beau-père / belle-mère
boh-pehr / belle-mère
father / mother-in-law

男／女朋友
petit(e) / ami(e)
puh-tee / tah-mee
boyfriend / girlfriend

2-11

聊聊工作
Parler du travail

您從事什麼工作？
Que faites-vous comme travail ?
kuh feht -voo kohm trah-vahy
What do you do for a living?

我是上班族。
Je suis employé(e) de bureau.
zhuh swee zanh-plwa-yay duh bew-roh
I'm an office worker.

我是企管系的學生。
Je suis étudiant(e) en gestion d'entreprise.
zhuh swee ay-tew-dyanh(t) anh zhehs-tyonh danh-thr-preez
● I'm a Business Management student.

我想從事時尚產業。
J'aimerais travailler dans la mode.
zhehm-ray trah-vah-yay danh lah mohd
● I would like to work in fashion.

我來法國打工度假。
Je suis venu(e) en France avec le programme vacances-travail.
zhuh swee vuh-new anh franhs ah-vek luh proh-grahm vah-kanhs -trah-vahy
● I came to France with a working holiday visa.

補充字彙

法語的職業寫法，有不少與英文相近，只是絕大多數都有陰陽性之分，除了字尾多加一個「e」，最常見的就是將「er」改為「ère」（例如表格中的「護士」），來表示從業人員為女性。

老師
enseignant(e)
anh-seh-nyanh(t)
teacher

律師
avocat(e)
ah-vo-ka(t)
lawyer

公務員
fonctionnaire
fonhk-syonh-nehr
public official

資訊工程師
ingénieur(e) informatique
enh-zhay-nyuhr enh-fohr-mah-teek
information engineer

軟體設計工程師
développeur(-euse) logiciel
day-vuh-lo-puhr(puhz) lo-zhee-see-el
software developer

基本單字
打開話匣
交通
探索美食
觀光遊覽
購物血拼
住宿
出狀況

理財顧問

conseiller(-ère) / financier(-ère)
konh-say-yay(yehr) / fee-nanh-syay(yehr)
financial advisor

護士（男 / 女）

infirmier / infirmière
enh-feehr-myay / enh-feehr-myehr
(male) nurse

不動產仲介

agent(e) / immobilier(-ère)
ah-zhanh(t) / ee-mo-bee-lyay(ehr)
real estate agent

時裝設計師

créateur / créatrice de mode
kay-ah-tuhr / kay-ah-trees duh mohd
fashion designer

關於罷工
Parler de la grève

法國工人罷工、學生罷課已經不是新聞，幾乎每年都會來上那麼一次，嚴重時大眾運輸系統可能完全癱瘓，對旅客來說甚是不便。無法可施的當地人除了自立自強，也不吝於發揮互助精神；開車出門的若是車上還有空位，應不排斥順道載別人一程。不過若是隻身旅遊，還是小心為妙，不要輕易搭上陌生人的車子。

今天火車站有罷工嗎？

Il y a une grève à la gare aujourd'hui ?
ee lya ewn grehv ahlah gahr oh-zhoohr-dwee
● Is there a strike at the railway station today?

您可以載我到旅館嗎？

Pourriez-vous m'emmener jusqu'à l'hôtel ?
pooh-ree-ay-voo menh-muh-nay zhews-kah loh-tehl
● Could you take me to the hotel?

興趣和消遣嗜好

Centres d' intérêt et loisirs

您閒暇時如何度過？

Que faites-vous pendant votre temps libre ?

kuh feht -voo panh-danh voh-tr tanh leebhr

● What do you do in your free time?

我喜歡與朋友聊天。

J'aime bavarder avec des amis.

zhaym bah-vahr-day ah-vehk day za-mee

● I like to chat with friends.

您／你的愛好是什麼？

Quels sont vos / tes passions ?

kehl sonh voh / tay pah-syonh

● What are your hobbies?

我愛旅行、閱讀和看電影。

J'adore voyager, bouquiner et aller au cinéma.

zhah-dohr vwa-yah-zhay boo-kee-nay ay ah-lay oh see-nay-mah

● I love traveling, reading and going to the movies.

我喜歡的法國女演員是奧黛莉．杜朵。

Mon actrice française préférée est Audrey Tautou.

monh nak-trees franh-sehz pray-fay-ray ay oh-dray toh-too

● My favorite French actress is Audrey Tautou.

我們有相同的愛好。

Nous partageons la même passion.

noo pahr-tah-zhonh lah mehm pah-syonh

● We share the same passion.

基本單字 打開話匣 交通 探索美食 觀光遊覽 購物血拼 住宿 出狀況

補充字彙

做瑜珈
faire du yoga *v.*
fehr dew yo-gah
do yoga

游泳
nager *v.*
nah-zhay
swim

畫畫
peindre *v.*
penhdhr
paint

聽音樂
écouter de la musique *v.*
ay-koo-tay duh la mew-zeek
listen to music

逛街
faire les vitrines *v.*
fehr lay vee-treen
go shopping

玩線上遊戲
jouer à des jeux en ligne *v.*
zhoo-ay ah day zhuh anh lyn
play on-line games

上網
surfer sur le web
sewhr-fay sewhr luh wehb
surf the web

騎單車溜達
se balader à vélo *v.*
suh bah-lah-day ah vay-loh
go for a ride on the bike

上夜店
sortir en boîte de nuit *v.*
sohr-teehr anh bwat duh nwee
go to the night club

2-14

聊聊飲食文化

Parler de la culture gastronomique

正統法國料理很昂貴。

La cuisine classique française est très chère.

lah kwee-zeen clah-seek franh-sayz ay treh shehr

● Classic French cuisine is very expensive.

台灣小吃便宜又美味。

Les encas taïwanais sont bon-marché et délicieux.

lay zanh-kah tah-ee-wa-nay sonh bonh-mahr-shay ay day-lee-syuh

● Taiwanese street food is cheap and delicious.

您最喜歡哪道亞洲／法國菜？

Quel est votre plat asiatique / français favori ?

keh -lay voh-tr plah ah-zya-teek / franh-say fah-vo-ree

● What is your favorite Asian / French course?

我不敢吃生蠔。

Je n'ose pas manger d'huîtres.

zhuh noz pah manh-zhay dwee-thr

● I don't dare to try oyster.

珍珠奶茶是台灣名產。

Le thé aux perles est une spécialité taïwanaise.

luh tay oh pehrl ay tewn spay-syah-lee-tay tah-ee-wa-nehz

● The bubble milk tea is a Taiwanese specialty.

你吃過臭豆腐嗎？

As-tu goûté le tofu puant ?

ah-tew goo-tay luh toh-foo pew-anh

● Have you ever tasted stinky tofu?

補充字彙

路邊攤
échoppe de rue *f.*
ay-shop duh rew
food stand

便利商店
magasin de commodité *m.*
mah-gah-zenh duh konh-mo-dee-tay
convenience store

夜市
marché de nuit *m.*
mahr-shay duh nwee
night market

牛肉麵
soupe de nouilles au boeuf *f.*
soop duh nooy oh buhf
beef noodle soup

麻辣火鍋
fondue chinoise épicée *f.*
fonh-dew shee-nwaz ay-pee-say
spicy hot pot

鳳梨酥
fourré à l'ananas *m.*
foo-ray ah lah-nah-nahs
pineapple cake

2-15

關於禮儀

Coutumes et habitudes

在法國，熟人和朋友之間常會行吻頰禮，就是見面時互相碰碰臉頰、一邊用嘴巴做出聲響。由於一般只有女性之間和異性會行此禮，男生跟男生多半只是握手，因此偶爾會出現年輕男孩子跟初次見面的女生「索吻」的情況，不過基本上都是無傷大雅，不如就入境隨俗，配合一下吧。吻頰禮於各地的次數和習慣不盡相同，行禮時只需留意對方的身體動向，便不至於出糗。

我們行個吻頰禮吧？
On se fait la bise ?
onh suh fay lah beez
May i give you a kiss on the cheek?

你們的吻頰禮都吻幾次？
Combien de fois faites-vous la bise ?
koh-byenh duh fwa feht -voo la beez
How many kisses on the cheek do you give?

2-16

結束談話和道別

Terminer une conversation

道別時除了「au revoir」，習慣上還會說些溫暖友善的話語，讓彼此留下美好的印象。另外，通 email 是練習法文的最佳方式，臉書則是維繫情誼最便捷的管道。與朋友分開前不妨留一下電子郵件地址，或互相加一下好友，期待下一次的會面。

跟您談話很愉快。

C'était un plaisir de discuter avec vous.

say-tay tuhnh play-zeehr duh dees-kew-tay ah-vek voo

● It was nice talking with you.

離開之前如果有空會再聯絡您。

Je vous contacterai si j'ai du temps avant de partir.

zhuh voo konh-tahk-tray see zhay dew tanh ah-vanh duh pahr-teehr

● I'll contact you if I have time before I leave.

希望我們有機會再見。

J'espère qu'on se reverra.

zhehs-pehr konh suh ruh-veh-rah

● I hope we can see each other again some time.

我們交換 email 地址吧。

Échangeons-nous les adresses email.

ay-shanh-zhyonh noo lay zahd-rehs ee-mehl

● Let's exchange our email addresses.

請您將照片用 email 寄給我。

Envoyez-moi les photos par email, s'il vous plaît.

anh-vwa-yay mwa lay fo-toh pahr ee-mehl seel voo pleh

● Send me the photos by email, please.

你有臉書／推特帳號嗎？

As-tu un compte Facebook / Twitter ?

ah-tew tuhnh konhpt fays-book / twee-tuhr

● Do you have a Facebook / Twitter account?

可以加你好友嗎？

Je peux t'ajouter à ma liste d'amis ?

zhuh puh tah-zhoo-tay ahmah leest dah-mee

● Can I add you as a friend?

保持聯絡。

Restons en contact.

rehs-tonh anh konh-tackt

● Stay in touch.

歡迎您／你來我們台北的家玩。

Vous serez / tu seras la bienvenue chez nous à Taipei.

voo suh-ray / tew suh-rah lah byenh-vuh-new shay noo ah tah-peh

● You'll be very welcome to come to visit us in Taipei.

祝（您／你）度過美好的一天。

Bonne journée (à vous / toi).

bohn zhoohr-nay (ahvoo / twa)

● Have a nice day.

道別時還可以說：「Bonne soirée」（*swah-ray*，傍晚時用）、「Bon weekend」（週末愉快）、「Bonnes vacances」（假期愉快）、「Bon voyage」（旅途愉快）等等，回答時除了謝謝之外還可說：「Vous aussi」（*voo zoh-see*）或「Également」（*ay-gahl-manh*），兩者都是「您也是」的意思。

第三章

交通

transportation

法國交通網相當發達，無遠弗屆，是自助旅行者的樂土。事先做好規劃，根據預算、時間、和地區慎選交通工具，可以讓旅途更順暢，更自在地體驗歐陸生活圈！

3-1

報到櫃臺
Enregistrement

目前許多航空公司都有提供自助報到機，只要輸入票號或預約代號，很快便可完成手續，不僅迅速且選位時哪裡有空位也一目了然。行李部分則等列印出登機證之後，再送至專門櫃臺托運即可。

我在找自助報到機／託運櫃臺。

Je cherche les bornes libre-service / le comptoir dépose bagage.

zhuh shehrsh lay bohrn leebhr-sehr-vees / luh konh-twahr day-pohz bah-gah-zh

● I'm looking for self check-in kiosk / baggage drop-off counter.

您有幾件行李要託運？

Combien de bagages avez-vous à enregistrer ?

konh-bee-enh duh bah-gah-zh ah-vay-voo ah enh-ruh-gees-tray

● How many pieces of baggage do you want to check in?

經濟艙的行李限重是 23 公斤。

La franchise bagages de la classe économique est 23 kilos.

lah franh-sheez bah-gah-zh duh lah klas ay-ko-no-meek ay venh-twah kee-loh

● The baggage allowance of economy class is 23 kg.

您的行李超重／尺寸太大了。

Vos bagages dépassent le poids / les dimensions autorisé(es).

vothr bah-gah-zh day-pahs luh pwa lay dee-manh-syonh oh-toh-ree-zay

● The weight / size of your luggage exceeds the free allowance.

超重的部分要付多少錢？

Combien dois-je payer pour les excédents ?

konh-bee-enh dwa-zhuh pay-yay poohr lay zehk-say-danh

● How much should I pay for the excess baggage?

句型：直述問句－詢問飛機的座位

有…………的位子嗎？

Il y a une place ________ ________ ?

ee lee yah ewn plahs

● Is there a ～ ?

文法解析 → 法語中直述句可直接作問句使用，只要談話時在句尾將語氣上揚，或將句點改成問號即可。本例句是「Il y a ～」的基本句型加上地方副詞的用法。

靠窗
côté hublot
ko-tay ewb-lo
window seat

逃生出口旁
à côté des sorties de secours
ah ko-tay day sohr-tee duh suh-koohr
an emergency exit row seat

靠走道
côté couloir
ko-tay koo-lwahr
aisle seat

靠前排
à l'avant de l'avion
ah lah-vanh duh lah-vyanh
seat near the front

第一排
au premier rang
oh pruh-myehr ranh
bulkhead seat

靠後排
à l'arrière de l'avion
ah lah-ryehr duh lah-vyanh
seat near the back

機場常用單字

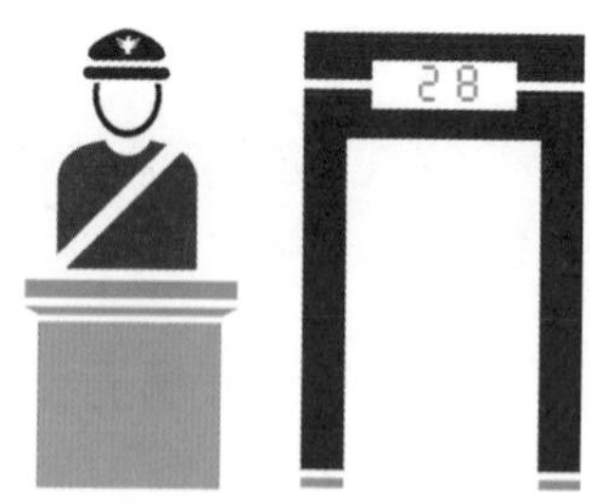

機場
aéroport *m.*
ah-ay-hro-pohr
airport

抵達／入境
arrivée *f.*
ah-hree-vay
arrival

航廈
terminal *m.*
tehr-mee-nal
terminal

接駁車
navette *f.*
nah-veht
shuttle

海關
douane *f.*
dwan
customs

登機門
porte *f.*
pohrt
gate

出口
sortie *f.*
sohr-tee
exit

服務台
comptoir d'information *m.*
konh-twahr denh-fohr-mah-syonh
information counter

出發／離境
départ *m.*
day-pahr
departure

行李推車
caddie / chariot *m.*
kah-dee / sha-reeo
luggage cart

3-2

出境與安檢

Départ et contrôle de sûreté

請出示護照和登機證。

Vos passeport et carte d'embarquement, s'il vous plaît.

voh pahs-pohr ay kahrt danh-bahr-kuh-manh seel voo pleh

● Your passport and boarding pass, please.

請拿出電子產品並分開放在個別的籃子裡。

Sortez vos appareils électroniques et déposez-les dans des paniers séparés.

sohr-tay voh zah-pah-rehy ay-lehk-tro-neek ay day-po-zay-lay danh day pah-nyay say-pah-ray

● Take out your electronic devices and put them into separate trays.

請脫掉鞋子和皮帶。

Enlevez vos chaussures et ceinture, s'il vous plaît.

anh-luh-vay voh sho-sewhr ay senh-tewhr seel voo pleh

● Please take off your shoes and belt.

這個包是您的嗎？

Est-ce que ce sac est à vous ?

ays kuh suh sak ay ahvoo

● Is this your bag?

您口袋裡有東西嗎？

Il y a quelque chose dans vos poches ?

ee lya kehl-kuh shos danh voh posh

● Is there anything in your pockets?

3-3

登機後，飛航中

Dans l'avion

請繫好安全帶。

Attachez votre ceinture, s'il vous plaît.

ah-tah-shay vothr senh-tewhr seel voo pleh

● Fasten your seatbelt, please.

不好意思，我想要一杯溫開水。

Excusez-moi, j'aimerais un verre d'eau tiède.

ek-skew-zay-mwa zhehm-ray uhnh vehr doh tyehd

● Excuse me, I would like a glass of warm water.

我們將於不久後降落在巴黎戴高樂機場。

Dans quelques instants, nous allons atterrir à l'aéroport Paris-Charles-de-Gaulle.

danh kehl-kuh zenhs-tanh noo za-lonh ah-tay-ryhr ah lah-ay-hro-pohr pah-ree-shahrl-duh-gohl

● In a few minutes we'll be landing at Paris-Charles-de-Gaulle airport.

飛行實用字彙

機長
capitaine *m.*
kah-pee-tehn
captain

空姐
hôtesse de l'air *f.*
o-tehs duh lehr
air hostess

空少
steward *m.*
stee-wahrt
steward

座艙長
chef de cabine *m.*
shehf duh ka-been
purser

起飛
décollage *m.*
day-koh-lazh
take-off

降落
atterrissage *m.*
ah-tay-ree-sazh
landing

餐桌
tablette *f.*
tahb-leht
tray table

座椅
siège *m.*
see-ehzh
seat

毯子
couverture *m.*
koo-vehr-tewhr
blanket

救生衣
gilet de sauvetage *m.*
gee-leh duh sov-tahzh
life vest

氧氣面罩
masque à oxygène *m.*
mahsk ah ok-see-gehn
oxygen mask

耳塞
bouchons d'oreille *m. pl.*
boo-shonh doh-rehy
earplugs

枕頭
coussin *m.*
koo-senh
cushion

耳機
casque *m.*
kahsk
headphone

眼罩
masque *m.*
mahsk
eye mask

轉機

Correspondance

戴高樂機場有三個航廈、八個航站，此外巴黎還有一個奧利（Paris-Orly）機場，主要負責法國國內和附近各中程航點的連結，航廈也分為「Ouest」（*west*，西）和「Sud」（*sewd*，南）兩棟不同建築，因此應特別留意，盡量預留充裕的銜接時間。

聽起來好像很複雜，不過如果是同一天從國際線轉國內或歐陸線的話，通常會直接在CDG轉機，且不需將行李提出重掛。為了方便旅客，機場中都備有免費機場地圖供取閱，也可預先上網下載及查詢各種資訊：www.adp.fr或www.cdgfacile.com（點選右上角英國國旗可瀏覽英文版）。

請問我要到哪裡轉機？

Où dois-je faire la correspondance, s'il vous plaît ?

oo dwa-zhuh fehr la ko-hrays-ponh-danhs seel voo pleh

● Where should I take the connecting flight, please?

轉機櫃臺在哪裡？

Où se trouve le comptoir de correspondance ?

oo suh troov luh konh-twahr duh ko-hrays-ponh-danhs

● Where is the connecting flight counter ?

我錯過了轉機航班。

J'ai manqué ma correspondance.

zhay manh-kay ma ko-hrays-ponh-danhs

● I missed my connection flight.

下一班飛里昂的班機是幾點起飛？

À quelle heure part le prochain vol pour Lyon ?

ah ke luhr pahr luh phro-shenh vol poohr lee-yonh

● What time does the next flight for Lyon leave?

3-5

入境審查

Contrôle de passeports

下飛機後，只要照著「Arrivées」指標引導的方向順行，經過護照審查、領取行李、出關，便走完了入境流程。若需轉搭其他班機到另一個城市，則得在下飛機後到最近的轉機櫃臺辦理；已持有登機證的人，可以直接在航班資訊顯示螢幕或看板上，找到班機起飛的航站與登機門號。

您此行的目的為何？

Quel est le but de votre voyage ?

kay- lay luh bew duh votr vwa-ya-zhuh

● What is the purpose of your visit?

我是來出差／觀光。

C'est un voyage d'affaires / touristique.

say tuhnh vwa-ya-zhuh da-fehr too-hrees-teek

● It's for business / sightseeing.

您預備待多久？

Combien de temps allez-vous rester?

konh-bee-enh duh tanh a-lay-voo rays-tay

● How long will you stay?

兩個星期。這是我的回程機票。

Quatorze jours. Voici mon billet de retour.

katohrz zhoohr vwa-see monh bee-ye duh hruh-toohr

● Two weeks. Here is my return ticket.

這期間您會在哪裡落腳？

Où allez-vous loger pendant votre séjour ?

oo ah-lay-voo lo-zhay penh-danh votr say-zhoohr

● Where are you going to stay?

行李提領
Livraison de bagages

我少了一件行李。

Il me manque un bagage.

eel muh manhk uhnh bah-gah-zhuh

● I am missing one piece of baggage.

我的行李箱送達時壞掉了。

Ma valise est arrivée endommagée.

mah vah-leez ay tah-hree-vay anh-do-mah-zhay

● My suitcase arrived damaged.

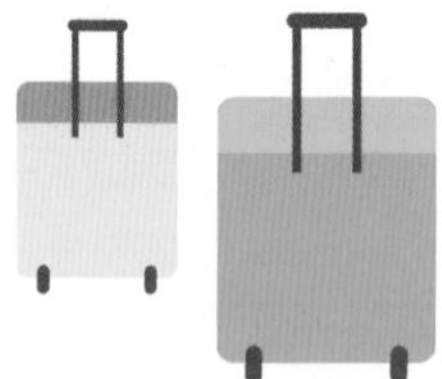

機場常用單字

行李箱

valise *f.*

vah-leez

suitcase

背包

sac à doc *m.*

sah kah doh

backpack

旅行袋

sac de voyage *m.*

sahk duh vwah-ya-zhuh

travel bag

手提行李

bagage à main *m.*

bah-gah-zhuh ah menh

hand baggage

3-7

兌換歐元

Bureau de change

旅行支票在巴黎和其他歐洲大城市兌換現金雖不難，但大多要收取手續費，僅有特定銀行提供免手續費的服務，所以為了旅行上花費方便，建議還是以現金搭配信用卡為主。若備有其他國際貨幣，也可就近在機場兌換些小鈔和硬幣傍身；如果選擇之後在市區兌換，記得多走兩家比價，並再三確認匯率與手續費，以免吃虧。戴高樂機場每個航廈裡，都可以找到「American Express Change」的匯兌服務站；除了現金與旅行支票的兌換，這些匯兌所也受理非歐盟旅客返國前的退稅手續。

美金換歐元匯率是多少？

Quel est le taux d'échange du Dollar en Euro ?

ke -lay luh toh day-shanh-zh dew do-lahr anh-nuh-ro

● What is the exchange rate from Dollar to Euro?

請多換一些零錢。

Merci de changer plus de monnaies.

mehr-see duh shanh-zhay plews duh mone

● Please make more small change.

要收手續費嗎？

Y a-t-il une commission ?

ya- teel ewn ko-mee-syonh

● Is there a commission?

基本單字
打開話匣
交通
探索美食
觀光遊覽
購物血拼
住宿
出狀況

3-8

租車自駕遊

Location de voiture

大多數歐盟國家，持台灣國際駕照（可於監理處申辦，當天核發）都可以輕鬆開車上路。自駕遊最大的好處是機動性高，但需注意歐洲市場以手排車為主，不擅長操作的人最好於出發前上網預約自排車，以免到了現場面臨無車可用的窘境。

我網路預約了一輛車。

J'ai réservé une voiture par internet.

zhay ray-zehr-vay ewn vwa-tewhr pahr enh-tehr-neht

● I have booked a car online.

您還有自排車嗎？

Est-ce qu'il vous reste encore des voitures automatiques ?

ays keel voo rehst anh-kohr day vwa-tewhr o-to-mah-teek

● Do you have any automatic car left?

這個價格有含保險嗎？

Les assurances sont-elles comprises dans le tarif ?

lay zah-sew-ranhs sonh-tehl konh-preez danh luh tah-reef

● Is car insurance included in the leasing price?

還車時油要加滿嗎？

Dois-je rendre le véhicule en ayant fait le plein ?

dwa-zhuh ranhdhr luh vay-ee-kewl anh nayanh feh luh plenh

● Do I have to return the vehicle with a full tank?

這車用的是哪一種油？

Quel genre d'essence consomme-t-elle ?

kehl ganh-hr day-sanhs conh-sohm -tehl

● What kind of gas does it take?

請在這裡簽名。

Signez ici s'il vous plaît.

see-nyay ee-see seel voo pleh

● Please sign here.

實用字彙

煞車
frein *m.*
frenh
brake

方向盤
volant *m.*
vo-lanh
steering wheel

擋風玻璃
pare-brise *m.*
pahr -breez
windshield

手煞車
frein à main *m.*
frenh ah menh
hand brake

後照鏡
rétroviseur *m.*
ray-tro-vee-zuhr
rearview mirror

輪胎
pneu *m.*
pnuh
tire

油門
accélérateur *m.*
ah-say-lay-rah-tuhr
gas pedal

雨刷
essuie-glace *m.*
eh-swee-glas
windshield wiper

大燈
phare *m.*
fahr
headlight

離合器
embrayage *m.*
anh-breh-ya-zh
clutch

保險桿
pare-chocs *m.*
pahr -shok
bumper

單行道
sens unique *m.*
sanhs ew-neek
one way street

圓環
rond point *m.*
ronh pwanh
roundabout

GPS 導航機
navigateur GPS *m.*
nah-vee-gah-tuhr zhay-pay-ehs
GPS navigator

排檔桿
levier de vitesse *m.*
luh-vyay duh vee-tehs
gear stick

嬰兒 / 兒童座椅
siège bébé / enfant *m.*
syeh-zh bay-bay / anh-fanh
baby / child seat

3-9

搭乘計程車

Prendre un taxi

從戴高樂機場到市區，在不塞車的情況下，計程車資平日約50€，夜間（7點以後到早上7點）及假日另加成15%；有第四個人（一般駕駛座旁不載客）乘車和搬運行李，都會額外收費。
另外，巴黎的計程車不像在台北那樣滿街跑，找不到招呼站的話，可採電話叫車，搭車前往機場也是以預約為主。（相關資訊見巴黎市政府官網：http://www.paris.fr/taxis）

請載我／我們到這個地址。

Emmenez-moi / nous à cette adresse, s'il vous plaît.

anhm-nay -mwa / noo ahseh-tad-rehs seel voo pleh

● Please take me / us to this address.

這些行李是要放到後車廂的。

Ces bagages sont à mettre dans le coffre.

say bah-gah-zh sonh tah meh-thr danh luh ko-fhr

● These pieces of luggage are to load in the trunk.

您好，我想叫車到華西機場。

Bonjour, j'aimerais un taxi pour aller à l'aéroport de Roissy.

bonh-zhoohr zhe-muh-ray uhnh tahk-see poohr ah-lay ah lah-ay-hro-pohr duh rhwa-see

● Hello, I would like a taxi for Roissy airport.

您可以明天早上七點來接我嗎？

Pouvez-vous venir me chercher demain matin à 7 heures?

poo-vay -voo vuh-neehr muh sher-shay duh-menh mah-tenh ah seh-tuhr

● Can you come to get me tomorrow morning at 7 o'clock?

這附近有計程車招呼站嗎？

Il y a une station de taxis pas loin d'ici ?

ee-lya ewn stah-syonh duh tahk-see pah lwenh dee-see

● Is there a taxi station nearby?

3-10 RER 特快鐵路網絡

RER (Réseau Express Régional)

從機場前往巴黎市區的交通工具中，Roissy Bus和Cars Air Fracne的速度和便利性可能都不如RER；不過在地鐵中拖著行李箱爬上爬下，的確是辛苦又狼狽。若是多人同行的話，搭乘計程車反而是不錯的選項，車資平攤下來相對實惠，又舒適輕鬆許多。

請給我一張到巴黎的車票。

Un ticket pour Paris, s'il vous plaît.

uhnh tee-keh poohr pah-hree seel voo pleh

● One ticket to Paris, please.

這是往巴黎的月台嗎？

Est-ce le quai pour Paris ?

ays luh kay poohr pah-hree

● Is this the platform for Paris?

這班車有沒有停大學城站？

Est-ce que ce train s'arrête à Cité Universitaire ?

ays kuh suh trenh sah-hret ah see-tay ew-nee-vehr-see-tehr

● Does this train stop at Cité University?

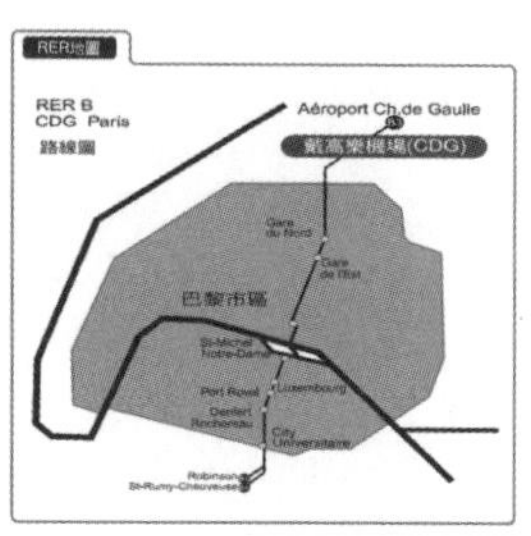

火車旅遊
Voyager en train

在歐陸自助旅行，火車無疑是最便捷的交通工具。法國國家鐵路公司（Société Nationale Chemins de fer Français，簡稱SNCF）與周邊各鄰國如義大利、西班牙等都有緊密的合作關係，在境內也不停開拓新線路，對旅客來說只會越來越方便。如果旅行計畫的第一站是在外省，除了轉機，也可以選擇從機場的TGV車站搭乘火車前往；由於火車站多半都位於市區，如此也不必擔心從機場到市區的交通問題。

往布魯塞爾的火車是從哪一個車站發車？

De quelle gare part le train pour Bruxelles ?

duh kel gahr pahr luhtrenh poohr bhrew-sel

● Which station does the train to Brussels leave from?

國內線的售票處在哪裡？

Où est la billetterie des lignes nationales ?

oo ay lah bee-yeh-tree day lee-ny nah-syo-nal

● Where is the national line ticket office?

號碼牌在哪裡拿？

Où peut-on prendre un ticket numéroté ?

oo puh-tonh pranh-dhr uhnh tee-keh new-may-roh-tay

● Where can I get a numbered ticket?

3-12

購買火車票

Achat des billets

在各大火車站，可選擇臨櫃購買車票或使用自動售票機。若不趕時間的話，建議到售票窗口購票，因為售票員透過電腦搜尋，會直接列出最優惠的票價；有時坐頭等車廂甚至比二等更划算，同時更能避免買錯票。此外，SNCF的網站www.voyages-sncf.com也能預約訂票，以信用卡線上付款後，再至車站櫃臺或自助售票機領取，或是自行列印電子憑證、將電子車票發送到手機均可。

我想買兩張 10 月 23 日到里耳的車票。

Je voudrais 2 billets pour aller à Lille le 23 octobre.

zhuh voo-dhray duh bee-yeh poohr ah-lay ahleel luh venhtwa ok-tobhr

● I would like 2 tickets to Lille for October 23.

來回票 / 單程票，二等 / 頭等車廂。

Aller-retour / aller simple, en seconde / première classe.

ah-lay -ruh-toohr / ah-lay senh-pl anh suh-konhd / pruh-mee-yehr klas

● Round trip / one way ticket, second class / first class.

這是直達車嗎？

Est-ce un train direct ?

ays uhnh trenh dee-hrekt

● Is this direct train?

我要在哪裡換車，換幾次？

Où dois-je changer de trains et pour combien de fois ?

oo dwa-zhuh shan-zhay duh trenh ay poohr konh-bee-yenh duh fwa

● Where should I change trains and for how many times?

我想領取在網上預訂的車票。

J'aimerais retirer les billets réservés sur internet.

zhe-muh-ray ruh-tee-ray lay bee-yeh ray-zehr-vay sewhr enh-tehr-net

● I would like to pick up Internet reserved tickets.

基本單字 打開話匣 交通 探索美食 觀光遊覽 購物血拼 住宿 出狀況

實用字彙

售票窗口
guichet *m.*
gee-she
ticket window

當日／即時出發票務
départ immédiat *m.*
day-pahr ee-may-dee-ah
immediate departure

時刻表
horaire *m.*
oh-hrehr
train schedule

自印紙本車票
billet imprimé *m.*
bee-yeh enh-pree-may
self-print ticket

售票機／販賣機／提款機
distributeur automatique *m.*
dees-tree-bew-tuhr o-to-mah-teek
ticket vendor/automatic vending machine/ATM

各幹線火車票務（預售）
trains grandes lignes *m. pl.*
trenh granhd lee-ny
main line train

車站內

車站售票處

車廂分佈顯示板

句型：想要買～張～月～日到～的票

我想要 ____ 張 ____ 月 ____ 日到 ____ 的票。

Je voudrais ______ billets pour aller à ________ __________ .

zhuh voo-dhray bee-yeh poohr ah-lay ah

● I would like ～ tickets to ～ for ～ .

文法解析 → 要求別人做某件事時，經常會使用到「vouloir」（想要）這個字的條件式（conditionnel）來表示禮貌，旅途中買東西、請求幫忙時，只要一句「Je voudrais～」就可暢行無阻，最好是把它背下來，方便隨時應用。

（完整的數字與日期列表請見第一章P.24、28、29。）

一（張）
un
uhnh
one

三（張）
trois
twa
three

四（張）
quatre
kahthr
four

摩納哥
Monaco
mo-nah-ko
Monaco

尼斯
Nice
nees
Nice

波爾多
Bordeaux
bohr-doh
Bordeaux

4月1日
le premier avril
luh pruh-myay ahv-hreel
April first

明天早上
demain matin
duh-menh mah-tenh
tomorrow morning

本週五
ce vendredi
suh vanh-druh-dee
this Friday

車票優惠與使用限制相關字彙

法國火車票並不便宜，有所規劃才能節省交通費。出國前可先向旅行社購買歐洲火車通行證；如果只作一、兩次定點往返，或是行程較隨興、變數較多，SNCF 也有琳瑯滿目的優惠措施可供選擇。

優惠票價
tarif réduit *m.*
tah-reef ray-dwee
reduced fare

最後一分鐘特價
offre dernière minute *f.*
oh-fhr dehr-nee-yehr mee-newt
last minute offer

可換票
échangeable *adj.*
ay-shanh-zhahbl
exchangeable

不可退票
non remboursable *adj.*
nonh hranh-boohr-sahbl
non-refundable

手續費
frais de dossier *m.*
fhre duh do-syay
processing fee

強制劃位制
réservation obligatoire *f.*
ray-zehr-va-syon o-blee-gah-twahr
reservation required

存放行李
Consigne à bagages

這裡有行李寄存處嗎？
Il y a des consignes ici ?
ee lee yah day konh-see-ny ee-see
Is there a left luggage?

請問兌幣機在哪裡？

Où est le changeur de monnaie, s'il vous plaît ?

oo ay luh shanh-zhuhr duh moh-neh seel voo pleh

● Where is coin changer, please?

我想知道自動行李櫃怎麼使用。

J'aimerais savoir comment utiliser les consignes automatiques.

zhe-muh-ray sah-vwahr ko-manh tew-tee-lee-zay lay konh-see-ny o-to-mah-teek

● I would like to know how to use the automatic luggage locker.

月台上

Sur le quai

在歐洲搭火車時，大多時候車票上沒有發車月台資訊，因此搭車前需先至列車動態顯示板前等待，約開車前 20 分鐘月台或軌道號碼會更新上去，這時才能去尋找該班車位置。當地車站是沒有剪票口的。上車前，旅客要自己利用月台附近的打票機印上日期再上車，否則可能受罰。

另外，月台上通常都可找到車廂分佈圖（composition du train，*konh-po-zee-syonh dew trenh*）；等車時不妨先到標有自己車廂號碼的定點附近，免得火車進站以後疲於奔命。

最近的打票機在哪裡？

Où est le composteur le plus proche ?

oo ay luh konh-pos-tuhr luh plew prosh

● Where is the nearest stamper?

這班車會到第戎嗎？

Est-ce que ce train va à Dijon ?

ays kuh suh trenh vah ah dee-zhonh

● Does this train go to Dijon?

我找不到我的車廂。

Je ne trouve pas ma voiture.

zhuh nuh troov pah ma vwa-tewhr

● I can't find my carriage.

餐廳在哪一節車廂？

Le bar-restaurant se trouve à quelle voiture ?

luh bahr-hres-to-hranh suh troov ah kel vwa-tewhr

● Where is the dining car?

補充字彙

列車動態顯示板

panneau d'affichage *m.*

pah-no dah-fee-shah-zhuh

information board

月台

quai *m.*

kay

platform

號碼，可簡寫為 no 或 n°

numéro *m.*

new-may-hro

number

軌道

voie *f.*

vwa

track

夜車旅行
Voyage en train de nuit

搭乘夜間火車跨國旅行，是既經濟省時又新鮮有趣的經驗，尤其像 Artesia、Lunéa 這類專為度假設計的新型火車更是如此；除了有舒適的躺椅或臥艙可供選擇，每輛車廂尚有隨車服務人員，一手包辦車票和邊境護照、簽證的查驗，讓旅客可以高枕無憂，早晨還會送上熱騰騰的咖啡叫你起床。

我想預約四人臥艙。

J'aimerais réserver une cabine couchette pour 4.

zheh-muh-ray ray-zehr-vay ewn kah-been koo-shet poohr kah-thr

● I would like to reserve a 4 sleeper cabin.

有女性專用包廂嗎？

Il y a des compartiments réservés aux femmes ?

ee lee yah day konh-pahr-tee-manh ray-zehr-vay o fahm

● Is there a women only compartement?

我們臥艙的插拴門鍊有問題。

Le verrou entrebâilleur de notre cabine ne marche pas.

luh ve-hroo anh-truh-bah-yuhr duh nothr kah-been nuh mahrsh pah

● Our cabin's door chain doesn't work.

補充字彙

夜車

train de nuit *m.*

trenh duh new-ee

night train

臥鋪車廂

voiture couchette *f.*

vwa-tewhr koo-shet

sleeper compartment

邊境

frontière *f.*

fronh-tyehr

border

（可調角度的）躺椅

siège inclinable *f.*

sy-ehzh enh-klee-nahbl

reclining seat

座位

S'installer dans la voiture

搭乘高速列車必須預約劃位，對號入座，即使有空位也不要隨意更換，一來此種列車都有分頭等和二等車廂，若是持二等的票誤坐頭等的位子，會被要求補足差額；其次，跨國列車有時會出現分段重掛車頭、駛向不同地點的情形，運氣不好的話，可能就到不了原訂目的地。
此外，長途旅行時得保管好隨身財物，小心一覺醒來筆電或手機不翼而飛。

這個位子有人坐嗎？

Cette place est-elle prise ?

set plahs ay-tel preez

● Is this seat taken?

不好意思，我想這是我的位子。

Excusez-moi, je crois que c'est ma place.

es-kew-zay - mwa zhuh kwa kuh say mah plahs

● Excuse me, I think it's my seat.

我可以跟您換位子嗎？

Je peux échanger ma place avec vous ?

zhuh puh ay-shanh-zhay mah plahs ah-vek voo

● May I exchange seat with you?

可以請您把窗簾拉上嗎？

S'il vous plaît, pouvez-vous tirer le rideau ?

seel voo pleh poo-vay - voo tee-ray luh ree-do

● Would you please led down the curtain?

3-17

驗票

Contrôle des billets

查票員不會每站都驗票，但坐長程火車時至少會被查到一次；有時行經邊境還須查驗護照，因此最好隨身攜帶相關證件和票券，即使離座也方便一併出示。如果有忘了打票或是來不及換票、需要補票的情形，記得上車後馬上找查票員報到，便可以只付少許差額而不必受罰。此外，如果遇到班次預約客滿，買到站票（無座位保證）的情形，也可找查票員詢問何處有空位。

請出示車票。

Votre billet s'il vous plaît.

vothr bee-yeh seel voo pleh

● Your ticket, please.

您必須補足差額。

Vous devez payer la différence.

voo duh-vay pay-yay lah dee-fay-ranhs

● Your have to pay extra.

我忘了打票。

J'ai oublié de composter le billet.

zhay oob-lee-yay duh konh-pos-tay luh bee-yeh

● I forgot to stamp the ticket.

補充字彙

查票員

contrôleur *m.*

konh-tro-luhr

ticket inspector

罰金

amende *f.*

ah-manhd

fine

空位

place libre *f.*

plahs leebhr

free seat

客滿
complet *adj.*
konh-leh
full up

超額訂位
surréservation *f.*
sewhr-ray-zehr-vah-syonh
overbooking

（超額訂位時）無劃位
sans place attribuée
sanh plahs ah-tree-bew-ay
without designated seat

自由座（非對號列車）
sans réservation
sanh ray-zehr-va-syon
without reservation

句型：這班車……嗎？

這班列車……嗎？
Est-ce que ce train ________ ?
ays kuh suh trenh
● Does / Will / Is this train ～ ?

文法解析 → 法文中將直述句變為疑問句有三種方式，除了主動詞倒裝、句尾語氣上揚之外，便是在句首加上「Est-ce que」；只要以這幾個字開頭的句子，便都是疑問句。

開往巴黎
part pour Paris
pahr poohr pah-ree
leave for Paris

會準時抵達
arrivera à l'heure
ah-ree-vrah ah luhr
arrive on time

有到（停靠）坎城
va à Cannes
vah ah kahn
go to Cannes

是直達車
est direct
ay dee-rehkt
direct

看懂火車票

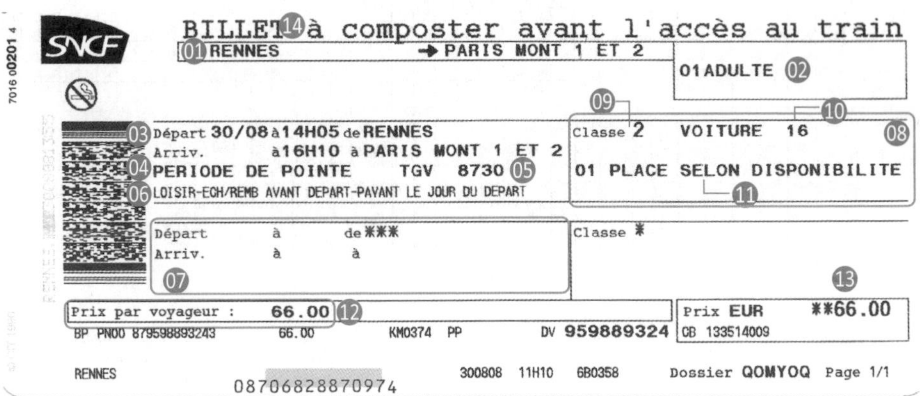

01：票頭標明旅程往返站名，圖中為自雷恩發車，開往巴黎蒙帕納斯。

02：使用本票的人數和身份，圖中為本票僅供成人 (adulte，*ah-dewlt*) 一名使用。

03：「Dep」和「Arr」分別為「出發」(départ，*day-pahr*) 和「抵達」(arrivé，*ah-ree-vay*) 的縮寫，票券在這部分會詳細標明出發之日期、時間及起迄站點名稱。

04：「PERIODE DE POINTE」：乘車時間所屬的時段，「PERIODE DE POINTE」(*peh-ree-od duh pwenht*) 意為「尖峰時段」，例如通勤時刻或假期前夕等等，此時段行駛的列車通常票價會略高一些，折扣也會給得比較少。若為「PERIODE NORMALE」(*peh-ree-od nohr-mahl*) 則為一般時段。

05：列車種類及其編號。

06：此處標明乘車者所享有的優惠。範例票券上註明的是此票為「Loisir」（休閒）優惠票，直到發車之前都可退換票。

07：若旅途中有轉車、回程等情形，會在此處另外標明，如此一來，同時預約的行程便可從單一張票券上一目瞭然。

08：此處會標明乘坐的列車等級、座位號碼等資訊。

09：二等車廂。若為「Classe 1」則為頭等車廂。

10：車廂（voiture）號碼為 16 號。

11：此處原應標示座位號碼，但當天該班次有超賣情形，所以票券上標明的是「Place selon disponibilité」（視情況彈性就坐）。

12：「Prix par voyageur」：票上每位旅客所付的票價。

13：總票價。

14：à composter avant l'accès au train 提醒乘客先打票再上車。

停靠站

Arrêts du trajet

一般而言，除了遇到罷工或特殊事故以外，法國火車都算準時。因此，即使聽不懂廣播、來不及看車廂裡的跑馬燈，光按照票上的時間推算，也很容易知道何時該下車。不然每次到站時，就仔細留意一下，透過車窗都看得見斗大的站名。如果還是不確定的話，可以請鄰座的在地人幫忙提醒一下。

下一站是哪裡？

Quel est le prochain arrêt ?

ke -lay luh pro-shenh nah-hre

● What is the next stop?

我要在亞維農中央車站轉車。

Je dois faire une correspondance à Avignon Centre.

zhuh dwa fehr ewn ko-hrays-ponh-danhs ah ah-vee-nyon sanh-thr

● I have to transfer at Avignon Centre.

該下車時您可以提前通知我嗎？

Pouvez-vous me prévenir quand je devrai descendre?

poo-vay -voo muh pray-vuh-neehr kanh zhuh duh-vhray day-sanh-dhr

● Can you remind me when it's time to get off?

誤點

Retard de train

SNCF 有所謂的「準點保證」服務，遇到火車誤點超過 30 分鐘的情況，按照 SNCF 的規定旅客可以申請賠償／部分退費；其金額依照誤點時間的長短，大約是原票價的 1/4 到 3/4 不等，且是以抵用券或匯款的方式支付。申請後必須經過一定的核發程序，無法於櫃臺立即退現。

2 號月台往巴黎的 TGV 將延遲五分鐘發車。

Le TGV pour Paris sur le quai N° 2 aura 5 minutes de retard.

luh tay-zhay-vay poohr pah-ree sewhr luh kay new-may-hro duh o-hrah senh mee-newt duh hruh-tahr

● The TGV for Paris on track 2 is delayed by 5 minutes.

這班火車取消了。

Le train est annulé.

luh trenh ay tah-new-lay

● The train is canceled.

我這張票可以換搭下一班火車嗎？

Je peux prendre le prochain avec le même billet ?

zhuh puh pranh-dhr luh pro-shenh ah-vek luh mem bee-yeh

● Can I take the next one with the same ticket?

我想退票。

Je voudrais me faire rembourser mon billet.

zhuh voo-dhray muh fehr hranh-boohr-say monh bee-yeh

● I would like a refund on this ticket.

基本單字
打開話匣
交通
探索美食
觀光遊覽
購物血拼
住宿
出狀況

地鐵悠遊

Se balader en métro

法蘭西島（Île de France，簡稱 IDF）也就是所謂的大巴黎地區（région parisienne），其大眾運輸系統主要是由巴黎運輸事業管理公司（Régie autonome des transports parisiens，簡稱 RATP）來統整經營，聯合 SNCF（即 Transilien）及私有運輸組織 Optile，將交通網拓展至整個巴黎周邊。

巴黎地鐵共有 14 條線，以號碼區別，搭乘的原理跟台北捷運相同，只是站點相當密集，交會的轉車點也較多。雖然地圖上看不出來，有時兩個站點相距其實只是幾步之遙，下對站卻可以少轉一次車，所以，先按圖索驥再上路方為良策。

這附近有地鐵站嗎？

Est-ce qu'il y a une station de métro près d'ici ?

ays kee lee ya ewn stah-syonh duh may-tro preh dee-see

● Is there a metro station nearby?

到羅丹美術館要搭哪一條線？

Quelle ligne dois-je prendre pour aller au Musée Rodin ?

kel lee-ny dwa -zhuh pranh-dhr poor ah-lay o mew-zay hro-denh

● Which line should I take to go to Rodin Museum?

聖母院是在哪一站？

Notre Dame, c'est quelle station ?

no-thr dahm say kel stah-syonh

● Which station is for Notre Dame?

您可以在地圖上指給我看嗎？

Pourriez-vous me montrer sur la carte ?

poo-hree-yay - voo muh monh-tray sewhr lah kahrt

● Could you show me on the map?

請給我一份十張的套票。

Un carnet s'il vous plaît.

uhnh kahr-neh seel voo pleh

● A book of 10 tickets, please.

我想買一張 1 到 3 環的單日通行券。

Je voudrais un Mobilis de zones 1 à 3.

zhuh voo-dray uhnh mo-bee-lees duh zonuhnh ah twa

● I would like a Mobilis for Zone 1 to 3.

您有賣巴黎觀光通行卡嗎？

Avez-vous des cartes Paris Visite ?

ah-vay-voo day kahrt pah-hree vee-zeet

● Do you have Paris Visite cards?

您可以教我這怎麼啟用嗎？

Pouvez-vous m'apprendre comment le valider ?

poo-vay -voo mah-pranh-dhr konh-manh luh vah-lee-day

● Can you teach me how to validate this?

補充字彙

地圖

plan *m.*

planh

map

（地鐵）站

station *f.*

stah-syonh

station

終點站

terminus *m.*

tehr-mee-news

terminal station

全票

plein tarif *m.*

plenh tah-hreef

full fare

煙草店

bureau de tabac *m.*

bew-hro duh tah-bah

tobacco store

書報亭

kiosque *m.*

kee-osk

kiosk

基本單字 打開話匣 交通 探索美食 觀光遊覽 購物血拼 住宿 出狀況

大巴黎悠遊卡

Carte Navigo

巴黎地鐵歷史悠久，磁條地鐵票也已行之有年，RATP 雖然一直有意將這種易消磁毀損又不環保的票券淘汰，全面更改為類似台北捷運悠遊卡的「Carte Navigo」，真正實施的日期卻一延再延，看來是很難付諸實行。

2006 年正式全面上路的 Carte Navigo，所有法蘭西島居民或通勤族均可免費取得，其他非「Francilien」則須花 5 €的代價，購買一張「Carte Navigo Découverte」（發現大巴黎悠遊卡）來儲值。

我不太會用機器為悠遊卡加值。

Je ne sais pas bien recharger ma carte à l'automate.

zhuh nuh say pah bee-yenh hruh-shahr-zhay mah kahrt ah lo-to-maht

● I'm not quite sure about how to top up my card by machine.

退還悠遊卡可以取回 5 歐元嗎？

Pourrai-je récupérer 5 euros en vous rendant la carte ?

poo-ray-zhuh ray-kew-pay-ray senh kuh-hro uhnh voo ranh-danh lah kahrt

● Can I recuperate 5 euros by returning the card?

RATP

巴黎大眾運輸公司
（Régie Autonome des Transports Parisiens，簡稱RATP）

乘坐公車
Prendre un bus

巴黎雖然有上百線公車，由於搭地鐵已經很方便，大部分旅客可能少有搭公車的機會。不過，許多地鐵及電車到不了的地點，或外省的村莊和小鎮，公車或巴士便是相當重要的交通工具。

法國的公車班次規律且頗為準時，站牌上會清楚標明每一班次到該站的時間。公車票一般是與地鐵票通用，也可於上車時直接向司機購買；不過大巴黎地區公車上販售的全票，並不能轉乘其他交通工具或轉車，且上車後一樣要打票，否則就算坐霸王車而可能遭罰。

20 號線的公車站是這裡嗎？

Est-ce ici l'arrêt de la ligne de bus N° 20 ?

ays ee-see lah-reh duh lah lee-ny duh bews new-may-hro venh

● Is this the bus stop of line 20?

往市政府這是對的方向嗎？

Suis-je du bon côté pour aller vers l'hôtel de ville ?

sew-ee-zhuh dew bonh ko-tay poor ah-lay vehr lo-tel duh veel

● Am I on the right side for the town hall?

多久來一班車？

Quelle est la fréquence du passage des bus ?

ke-lay lah fray-kanhs dew pah-sah-zhuh day bews

● How often does the bus run?

可以告訴我該在哪裡下車嗎？

Pouvez-vous me dire où descendre ?

poo-vay -voo muh deehr oo day-sanh-dhr

● Can you tell me where to get off?

補充字彙

頭班車
premier passage *m.*
pruh-my-ay pah-sah-zhuh
first bus

（每班次的）間隔時間
intervalle *f.*
enh-tehr-vahl
time gap

公路總站
gare routière *f.*
gahr roo-tee-ehr
bus station

末班車
dernier passage *m.*
dehr-ny-ay pah-sah-zhuh
last bus

按鈕開門
pour ouvrir appuyer
poohr oov-hreehr ah-pew-yay
push to open

（上車）入口
entrée *f.*
anh-tray
Entry

夜間公車
Bus de nuit

Noctilien（*nok-tee-ly-enh*）是巴黎地區專門於午夜 12 點半至凌晨 5 點半之間，替代休駛的地鐵及區域火車的夜間公車，目前共有 47 條線，往返主要車站與郊區城鎮，其中也包括機場線。除了少數市區線以外，Noctilien 多為半個鐘頭到 60 分鐘一班車，搭車票價以里程長短分段計算，每一段值一張 Ticket t+，上車時請先問司機要打幾張票。（www.noctilien.fr）

我這張票可以搭夜間公車嗎？
Je peux prendre le Noctilien avec ce ticket ?
zhuh puh pranh-dhr luh nok-tee-ly-enh ah-vek suh tee-keh
● Can I take the Noctilien with this ticket?

到東站要打幾張票？
Combien de tickets faut-il composter pour Gare de l'Est ?
konh-bee-yenh duh tee-keh fo-teel konh-pos-tay poohr gahr duh lest
● How many tickets should I stamp for Gare de l'Est?

3-24

公共自行車

Vélos en libre-service

Vélib 公共腳踏車是巴黎仿效里昂的成功經驗，所推出的城市單車出租計畫，有長期租賃卡（年費）與短期租票（一天與七天）等基本費率，目前騎乘前半小時仍為免費，之後的費用視時間長短遞增。除了可以信用卡於租車站購買短期租票，上官網 www.velib.paris 也可直接申辦、查詢使用方式與租借站位置。

可以幫我買一天的租票嗎？

Pourriez-vous acheter un ticket 1 jour pour moi ?

poo-hree-yay - voo ah-shuh-tay uhnh tee-keh uhnh zhoohr poohr mwa

● Could you help me to buy a one day ticket?

哪裡有自行車專用道？

Où sont les pistes cyclables ?

oo sonh lay peest sy-klah-bl

● Where are the bike paths?

我不確定車子有沒有鎖好。

Je ne suis pas sûr(e) si le vélo est bien verrouillé.

zhuh nuh sew-ee pah sewhr see luh vay-lo ay bee-yenh veh-roo-yay

● I'm not sure if the bike is well locked.

補充字彙

Vélib 腳踏車出租站
station Vélib *f.*
stah-syonh vay-leeb
bike station

車鈴
sonette *f.*
soh-neht
bell

自助租車機
borne *f.*
bohrn
terminal

鎖車閘
point d'attache *m.*
pwonh dah-tahsh
bike post

人行道
trottoir *m.*
tro-twahr
sidewalk

防盜鎖
antivol *f.*
anh-tee-vohl
anti-theft device

基本單字 打開話匣 交通 探索美食 觀光遊覽 購物血拼 住宿 出狀況

租借公共自行車

法國最早將公共自行車租賃系統付諸實行的城市是里昂 (Vélo'v，2005)。由於施行成效卓著，該系統很快也被法國和歐洲其他城市所採用，如巴黎的 Vélib，馬賽的 Le Vélo，維也納和布魯塞爾的 Cyclocity 等等，令單車成為一種另類大眾運輸交通工具。

以下簡介里昂 Vélo'v 的使用方式，其餘城市由於是同一系統的再開發，用法大同小異。

1 尋找租借點

在里昂和周邊地區共有 300 多個自動租借站點，每個站點都設有自助租賃機，方便租還。詳細站點地圖可自官網 (www.velov.grandlyon.com) 下載。

2 購買藍卡

自行車租用有三種模式，紅卡 (長期卡)、藍卡 (七日短期卡) 和里昂大眾運輸通行卡 (Técely)，僅藍卡可在站點直接購買。已持有卡片者，直接將卡片貼緊租賃機左下方感應處並輸入密碼即可，初次使用的非持卡者請選「Vous n'êtes pasabonnés」。分為一日和七日兩種，票卡單價各為 1.5 €和 5 €。

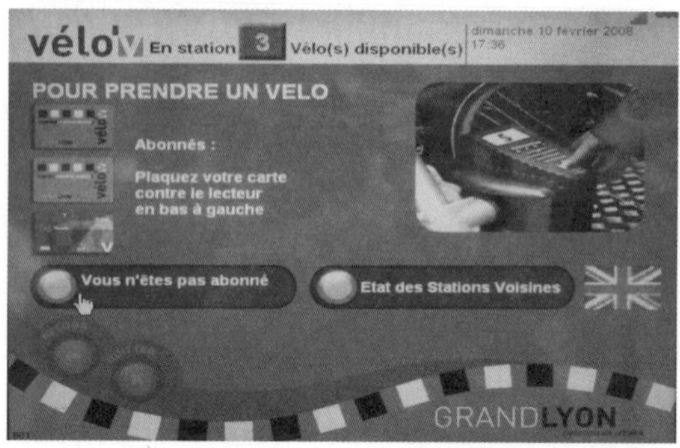

❶選擇「Acheter une Carte [Courte Durée]」（購買短期卡）。

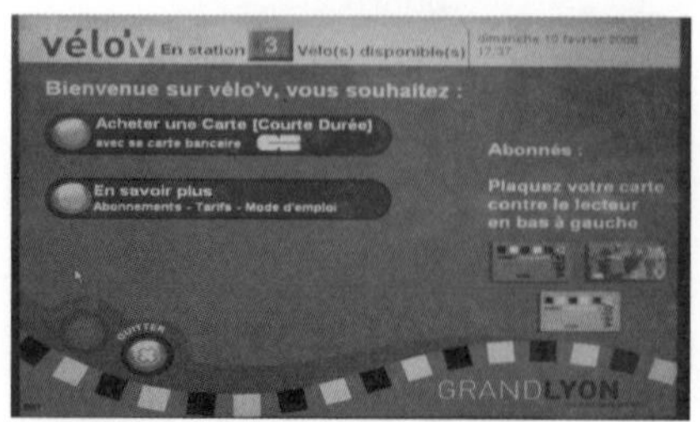

❷付藍卡的費率說明，每次使用的前半個小時免費，接著的一小時 1 €，之後每一個小時 2 €。按「Continuer」繼續。

❸付款必須使用晶片信用卡，從中預扣150 €的押金。按「Suite」繼續。

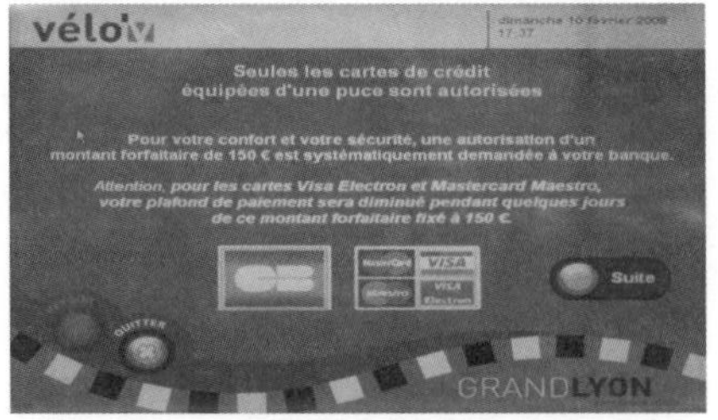

❹使用條款頁面。按「Page suivante」到下一頁。

❺放入信用卡付款。機器會要求您設定一組四號的使用密碼 (code confidentiel)，最後吐出藍卡便購買完成。

3 選車

確認後請在 60 秒內取車。

4 取車

按下鎖車閘按鈕後拉出自行車，鎖車閘閃燈並發出「嗶嗶」聲即順利取出單車。

5 還車

將自行車牽進鎖車閘，閃燈並發出「嗶」聲即告完成。注意若車子沒鎖好可能會被扣押金。

感謝圖片提供：黃千慈

基本單字
打開話匣
交通
探索美食
觀光遊覽
購物血拼
住宿
出狀況

第四章

探索美食

dining

法國菜以精緻、兼容並蓄與創新聞名於世，不僅各地依風土、物產醞釀出別具特色的料理，從麵包、前菜、主菜到甜點、搭配的酒品，都各有不同的學問，加上遠近鄰國的薰陶，成就了今日的法蘭西美食版圖。說到這裡讓人不禁食指大動，想一嘗為快！

4-1

法國料理小史

Petite histoire de la cuisine française

史上最早的一本法語廚藝書，是在十四世紀問世。由書中的內容看來，當時的飲食習慣仍是以燒烤肉類與味道頗重的醬料為主。文藝復興時期，出身佛羅倫斯梅迪奇家族的卡特琳（Catherine de Médicis）嫁給當時的法國國王亨利二世，帶來了大批的廚師和整套烹調技術，自此對法國菜起了舉足輕重的影響，開始呈現出多元的新面貌。

法國貴族熱愛美食文化，太陽王更喜好甜食，使得宮中用餐禮儀、烹飪技藝和裝盤創意都大有進展。之後歷經法國大革命，御廚們流落民間，造成餐廳的出現，開啟了料理商業化的時代；而在歷代達人諸如「廚王」卡雷姆（Carême）和有「近代西餐之父」美譽的艾斯可菲（Escoffier）的創新和彙整之下，傳統高級法式料理（grande cuisine，現亦稱 haute cuisine）逐漸發展完備，法蘭西美食泱泱大國的風範也於焉成形。

二十世紀法國興起了所謂的「新法式料理」（nouvelle cuisine）風潮，崇尚份量適中、營養均衡與食物原味的健康取向，在七、八〇年代發展到達顛峰。今日，一般餐廳所供應的菜餚，除了有地域性的名菜，也都看得到傳統和新料理的影子。

法蘭西明星家鄉菜

東北家鄉菜－阿爾薩斯酸菜

Choucroute alsacienne

shoo-kroot ahl-zah-syen

東北家鄉菜－洛林鹹派

Quiche lorraine

keesh loh-ren

中部家鄉菜－布根地紅酒燉牛肉

Bœuf bourguignon

buhf boohr-gee-nyonh

中部家鄉菜－布根地蝸牛

Escargots de Bourgogne

ehs-kahr-goh duh boohr-goh-ny

西北家鄉菜－布列塔尼可麗餅
Crêpe bretonne
krehp bruh-ton

東南家鄉菜－普羅旺斯雜菜煲
Ratatouille provençale
rah-tah-tooy pro-vanh-sahl

西南家鄉菜－土魯斯什錦砂鍋
Cassoulet toulousain
kan-soo-le too-loo-zenh

西南家鄉菜－油封功夫鴨
Confit de cannard
kanh-fee duh kah-nahr

米其林指南

誕生於 1900 年代的米其林指南，最初是米其林輪胎創辦人隨「胎」附贈的廣告手冊，後來演變成每年出版的美食界指標。指南以匿名美食偵探暗中查訪的方式進行評比，並頒予「星級」來代表餐廳料理的優劣。為與旅館星級作出區別，米其林的星星原文為「macaron」（同「馬卡龍」）而非「étoile」，其最高榮譽為三星，法國當代料理界教皇級人物博庫斯（Paul Bocuse）和名廚杜卡斯（Alain Ducasse）都是紀錄保持者，而侯布雄（Joël Robuchon）則是擁有最多星星加持的法國主廚。

米其林出版的指南主要分為兩種：
★ Guide rouge（*geed hroozh*，紅皮版），即一般所指最知名、以星星分級的美食指南。
★ Guide vert（*geed vehr*，綠皮版），詳盡介紹各地觀光資訊的自駕遊指南。

早餐
Petit déjeuner

傳統上法國人在每天的第一餐，通常只吃點抹上奶油或果醬的麵包配咖啡，頂多再加上一杯橙汁，有的人甚至只喝杯黑咖啡了事。不過，現在大家都知道早餐的重要性，因此許多咖啡館和民宿也會供應較為豐盛的「營養早餐」，即傳統的法式早餐加上優格、乳酪等乳製品，甚至再添上火腿和水煮蛋。

請給我可頌和熱巧克力。
Un croissant et un chocolat chaud s'il vous plaît.
uhnh krwa-sanh ay tuhnh sho-ko-lah sho seel voo pleh
● A croissant and a hot chocolate, please.

我可以再要一點奶油嗎？
Puis-je avoir plus de beurre ?
pwee-zhuh ah-vwahr plews duh buhr
● May I have some more butter?

營養早餐裡有些什麼？
Que proposez-vous dans votre petit déjeuner complet ?
kuh pro-poh-zay -voo danh vothr puh-tee day-zhuh-nay konh-pleh
● What do you serve for full breakfast?

補充字彙

早餐
petit déjeuner *m.*
puh-tee day-zhuh-nay
breakfast

大陸式早餐
petit déjeuner continental *m.*
puh-tee day-zhuh-nay konh-tee-nanh-tahl
continental breakfast

水煮蛋（帶殼）
oeuf à la coque *m.*
uhf ah lah kok
hard boiled egg

抹上奶油和／或果醬的切片麵包
tartine *f.*
tahr-teen
slice of bread with butter / or jam

句型：我可以要多一點 / 再一個～嗎？

我可以要……嗎？

Puis-je avoir ________ ?

pwee-zhuh ah-vwahr

● May I have ～ ?

文法解析 → 向人多要一點東西時，以較禮貌的「Puis-je ～」、「Je voudrais ～」或更口語化的「Je peux ～」起頭都可以；後面接的補語，則需視名詞為可數（encore un / deux …）或不可數(plus de)，來選擇適用的副詞。

多些果醬

plus de confiture

plews duh konh-fee-tewhr

some more jam

再來一個優格

encore un yaourt

anh-kohr uhnh yah-oohrt

one more yoghourt

多一點牛奶

un peu plus de lait

uhnh puh plews duh leh

a little more milk

再多一點糖

encore un peu plus de sucre

anh-kohr uhnh puh plews duh sew-khr

a little more sugar

選購麵包
Acheter du pain

麵包店（boulangerie，*boo-lanh-zh-hree*）販售的麵包通常都頗大一個，可以請老闆代為切片，或是選購縮小版的麵包。

請給我一個鄉村麵包。
Donnez-moi un pain de campagne, s'il vous plaît.
do-nay -mwa unh penh duh kanh-pah-ny seel voo pleh
● A country bread, please.

可以幫我切片嗎？
Pouvez-vous le trancher ?
poo-vay -voo luh tranh-shay
● Can you slice it?

有新鮮白麵包（土司）嗎？
Avez-vous du pain de mie frais ?
ah-vay-voo dew penh duh mee freh
● Do you have fresh sandwich bread?

法國常見麵包種類

長棍麵包
baguette *m.*
bah-get
即吾人慣稱之法國麵包

鄉村麵包
pain de campagne *m.*
penh duh kanh-pah-ny
單一或多種麵粉混合製成

全麥麵包
pain complet *m.*
penh konh-pleh
風味樸素，口感紮實

黑麥麵包
pain de seigle *m.*
penh duh segl
略帶酸味，適合搭配海鮮與乳酪

五穀麵包
pain aux céréales *m.*
penh oh say-ray-al
摻入各類穀物，營養價值高

奶油麵包
brioche *f.*
bhree-osh
口感柔軟、類似土司，含奶油的白麵包

三明治鋪
À la sandwicherie

有設座位的店鋪，有時內用會收取較高的費用，價目表上都會標示清楚，點單時記得跟店員說明。

我挺想嚐嚐巴黎風三明治。
Je goûterai bien le sandwich parisien.
zhuh goo-tuh-ray byenh luh sanhd-weesh pah-hree-zyenh
● I would like to have a taste of the Parisian sandwich.

這裡面有洋蔥嗎？
Est-ce qu'il y a de l'oignon dedans ?
ehs kee- lya duh lo-nyonh duh-danh
● Is there onions in it?

可以幫我加熱嗎？
Pouvez-vous le faire chauffer ?
poo-vay -voo luh fehr sho-fay
● Can you heat it up for me?

法國常見的三明治口味

一般而言，三明治除了主餡料以外，都會加入一些生菜（crudités，*krew-dee-tay*）和少許醬汁。也有些新式店鋪會提供不同的主餡、配料讓客人自選，大家就可以大盡比手劃腳之能事。

巴黎人
parisien
pah-ree-zyenh
最陽春的一款，只包牛油或乳酪加火腿

牧羊人
berger
behr-zhay
裡面一定會有羊奶乳酪

素食
végétarien
vay-zhay-tah-ryenh
生菜番茄為主，有的會多加水煮蛋和起士

大西洋 / 北歐風
atlantique / nordique
aht-lanh-teek / nohr-deek
燻鮭魚或小蝦仁加生菜沙拉

南歐風
sud
sewd
義式口味的 mozzarella 乳酪加番茄

東方風
oriental
oh-ryanh-tahl
大部分是咖哩雞等東方口味的餡料

也有不少店鋪會直接用主要餡料來命名，像是——

- jambon cru（*zhanh-bonh krew*，生火腿）
- jambon emmental（*zhanh-bonh ay-menh-tahl*，火腿＋愛蒙塔起士）
- poulet（*poo-leh*，雞肉）
- thon（*tonh*，鮪魚）

句型：表示目的－這是要／要給／～。

這是要／要給／……。

C'est pour ________ .

say　　poohr

● It's for ～ .

文法解析 →「pour」這個介詞相當於英文的「for」，常用來連接目的與對象，後面視情況可以接名詞、原形動詞、子句等等，是非常實用與常見的一個單字。

內用的

manger sur place

manh-zhay sewhr plahs

eating here

外帶

emporter

enh-pohr-tay

takeout

午餐（吃的）

le déjeuner

luh day-zhuh-nay

lunch

您／你（的）

vous / toi

voo　/ twa

you

基本單字

打開話匣

交通

探索美食

觀光遊覽

購物血拼

住宿

出狀況

露天咖啡座

Café en terrasse

上露天咖啡座是體驗法式生活的必修課。習慣上除非必要，法國人一般不會特別看菜單，寧可直接詢問侍者，所以常見的飲品幾乎都有供應。此外，點咖啡時也可以要求侍者另外多給一杯水，只要不是礦泉水，便不需額外付費。

我們坐外面（露天座）吧？

On s'installe en terrasse ?

onh senhs-tahl anh terahs

● Let's sit outside.

坐在太陽底下真是舒暢。

C'est très agréable de se mettre au soleil.

say treh ah-gray-ahbl duh suh methr o so-lehy

● It’s very enjoyable sitting in the sun.

您有什麼熱的可以吃嗎？

Avez-vous quelque chose de chaud à manger ?

ah-vay-voo kehl-kuh shoz duh sho ah manh-zhay

● Do you have something hot to eat?

你們的冰淇淋有些什麼口味？

Qu'avez-vous comme parfums de glace ?

kah-vay -voo kom pahr-fuhnh duh glahs

● What kind of ice cream flavor do you have?

我可以要一杯水嗎？

Puis-je avoir un verre d'eau ?

pwee-zhuh ah-vwahr uhnh vehr doh

● May I have a glass of water?

4-6

法式午茶

Thé de l'après-midi

茶沙龍（salon de thé，*sah-lonh duh tay*）顧名思義，是品嚐各類茶品和甜點的地方。正如「沙龍」這個字有著文人雅士穿梭交流的歷史，茶沙龍較之高談闊論的咖啡館，也另有一種閒適幽靜的氛圍。

你們的今日甜點是哪些？

Quelles sont vos pâtisseries du jour ?

kehl sonh vo pah-tee-she-re dewzhoohr

● What are your Today's Pastries?

你們有綠茶嗎？

Avez-vous du thé vert ?

ah-vay-voo dewtay vehr

● Do you have green tea?

附檸檬片還是牛奶？

Avec des tranches de citron ou du lait ?

ah-vek day tranh-sh duh see-tronh oo dew lay

● Do you like lemon or milk for the tea?

補充字彙

在咖啡館如果只跟侍者說「un café」，送來的會是附上兩塊方糖的小小濃縮咖啡。若想要喝含牛奶的香甜咖啡，可以點卡布其諾、咖啡歐雷或奶泡咖啡（類似拿鐵）；若是想喝黑咖啡，也可以來杯加了兩倍水的稀釋濃縮咖啡，會比espresso 容易入口。

啤酒屋	冰淇淋店	甜點師傅 / 糕點店
brasserie *f.*	**glacier** *m.*	**pâtissier** *m.*
brah-suh-hree	glah-syehr	pah-tee-syay
beer house	ice cream seller	confectioner

稀釋濃縮咖啡
café allongé *m.*
kah-fay ah-lonh-zhay
long black / americano

咖啡歐雷
café au lait *m.*
kah-fay oh lay
coffee with milk

奶泡咖啡
café crème *m.*
kah-fay krehm
latte

花草茶
tisane / infusion *f.*
tee-zahn / enh-few-zyonh
herbal tea

紅茶
thé noir *m.*
tay nwahr
black tea

冰茶
thé glacé *m.*
tay glah-say
ice tea

句型：您（或你們）有哪些／什麼樣的～？

您（或你們）有哪些／什麼樣的～？
Qu'avez-vous comme ________ ?
kah-vay -voo kom
● What kind of ～ do you have?

文法解析 → 本句為以「Que」（什麼）起頭，加上主、動詞倒裝的問句，由於「Que」緊接著母音開頭的字詞，故必須省卻「e」、加上省字撇，這樣的規則在法文中相當常見。
「comme」這個字有「比如、好像」的意思，在此用來做為受詞補語的一部份，更明確地指出問題的重點；後面直接接名詞即可，不必再加冠詞。

熱飲
boissons chaudes *f. pl.*
bwa-sonh shod
hot drinks

冷飲
boissons fraîches *f. pl.*
bwa-sonh freh-sh
cold drinks

速食店

Restauration rapide

不可免俗的，即使是在法國，只要是遊客眾多的觀光都市，都看得到麥當勞和歐洲土生土長的比利時速食店Quick，裡頭可以找到許多人熟悉的餐點，和「方便」的所在。由於借用者眾，某些店會為廁所設置密碼鎖，有消費的人，才可從收據上得知當天的密碼；過路客如果只是想上個洗手間，便得向其他客人詢問才能取得。

我只要一個起士漢堡，謝謝。

Je voudrais seulement un cheeseburger, merci.

zhuh voo-dray suhl-manh uhnh shees-buhr-guhr mehr-see

- I would like a chesseburger only, thanks.

這裡有人（坐）嗎？

Il y a quelqu'un ?

ee-lya kehl-kuhnh

- Is anyone sitting here?

不好意思，您知道廁所的密碼嗎？

Excusez-moi, connaissez-vous le code des toilettes ?

eks-kew-zay-mwa ko-ne-say -voo luh kod day twa-let

- Excuse me, do you know the toilet code?

自助餐
Restaurant libre-service

法國的大賣場、百貨公司、購物中心甚至學校機關，經常可見這種自助餐廳（cafétéria，*kah-fay-tay-hrya*）；有可任選前菜、主菜加配菜、甜點的套餐組合（formule，*fohr-mewl*）或是吃多少拿多少、依照價格付費的單點。雖然味道、精緻度有限，但價格會較真正的餐廳便宜，也不需花功夫點菜，有機會倒是可以一試。

餐具在哪裡拿？

Où sont les couverts ?

oo sonh lay koo-vehr

● Where is the cutlery?

配菜請給我馬鈴薯泥。

La purée de pommes de terre en accompagnement, s'il vous plaît.

lah pew-ray duh pom duh tehr anh ah-konh-panh-ny-manh seel voo pleh

● Mashed potatoes as side dish, please.

這樣多少錢？

Ça fait combien ?

sah fay konh-byenh

● How much are these?

拖盤要放哪裡？

Où dois-je déposer le plateau ?

oo dwa-zhuh day-po-zay luh plah-to

● Where should I leave the tray?

4-9

點心

L'heure du goûter

法國人早餐和中餐都吃得很簡單，晚餐又吃得比較晚，由於飲食習慣使然，無論是中午的蜻蜓點水還是傍晚的飢腸轆轆，用不著上餐廳，街上都有各式點心、小吃可供選擇。

我有點小餓。

J'ai un petit creux.

zhuh uhnh puh-tee kruh

● I'm a little hungry.

您有認識好的可麗餅鋪嗎？

Connaissez-vous une bonne crêperie ?

ko-neh-say -voo ewn bon krep-hree

● Do you know any good crepe shop ?

您要哪一種肉，牛還是雞？

Quelle viande voulez-vous, du bœuf ou du poulet ?

kehl vee-anhd voo-lay -voo dew buhf oo dew poo-leh

● Which meat do you like, beef or chicken?

我喜歡帕尼尼，這真的很美味。

J'aime le panini, c'est vraiment délicieux.

zhehm luh pah-nee-nee say vhreh-manh day-lee-syuh

● I like Panini, it tastes really delicious.

基本單字 打開話匣 交通 探索美食 觀光遊覽 購物血拼 住宿 出狀況

各式解饞小吃

鹹／甜可麗餅
crêpe salée / sucrée *f.*
krep sah-lay / sew-cray
亦稱法式薄餅

蕎麥煎餅
galette (de blé noir) *f.*
gah-leht (duh blay nwahr)
上布列塔尼地區用語，專指鹹味可麗餅

法式鹹派
quiche *f.*
keesh
在塔皮鋪上餡料烘烤而成

點心
goûter *m.*
goo-tay
原指孩童點心，現相當於法國的下午茶

土司先生
croque-monsieur *m.*
krok -muh-syuh
焗烤火腿夾心土司

土司女士
croque-madame *m.*
krok -mah-dahm
土司先生加太陽蛋

東方風三明治（sandwich oriental，*sanhd-weesh oh-ryanh-tahl*）即夾餡袋餅，這裡所指的「東方」包括東南歐、近東、中東一帶，依「發源地」和醬料的不同，又有以下幾種不同名稱，但基本上都是包烤肉或炸物，大同小異的東西。

希臘三明治
sandwich grec *m.*
sanhd-weesh grek

法拉費素三明治
falafel *m.*
fah-lah-fel

土耳其三明治
kebab *m.*
ke-bab

開胃酒
Apéritif

法人的晚餐時間較國人略遲一些，約八點以後才是餐廳正忙的時候，尤其碰上節慶或親友聚會，多半會先喝一點開胃酒，一陣社交談天之後，才會正式上桌，開始用餐。

要來杯開胃酒嗎？
Voulez-vous un apéritif ?
voo-lay -voo uhnh ah-pay-hree-teef
● Would you like an aperitif?

您可以讓我聞聞茴香酒的味道嗎？
Pouvez-vous me faire sentir le pastis ?
poo-vay -voo muh fehr senh-teehr luh pahs-tees
● Can you let me sniff the pastis?

基爾跟皇家基爾有什麼不同？
Quelle est la différence entre le kir et le kir royal ?
ke -lay lah dee-fay-ranhs anh-thr luh keehr ay luh keehr hrwa-yal
● What's the difference between the kir and the royal kir?

常見開胃飲品

香檳
champagne *m.*
shan-pah-pny
節慶宴會場合常見的開胃酒

氣泡酒
vin mousseux *m.*
venh moo-suh
香檳區以外出產的氣泡酒統稱

基爾
kir *m.*
keehr
白酒加黑醋栗或其他水果利口酒調製而成

皇家基爾
kir royal *m.*
keehr hrwa-yal
黑醋栗利口酒加香檳

茴香酒

pastis *m.*

pahs-tees

普羅旺斯特產，味似八角，加水稀釋飲用

波特

porto *m.*

pohr-to

葡萄牙甜酒，亦可作為餐後酒

小酒館
Bistro

我們到街角的小酒館吃晚餐吧？

On va dîner au bistro du coin ?

onh vah dee-nay o bees-tro dew kwenh

● Let's go to dinner at the bistro around the corner.

你們的招牌菜是什麼？

Quelle est la spécialité de la maison ?

ke -lay lah spay-seea-lee-tay duh lah may-zonh

● What is your speciality?

請給我們一壺水。

Apportez-nous une carafe d'eau, s'il vous plaît.

ah-pohr-tay -noo ewn kah-rahf do seel voo pleh

● Please bring us a carafe of water.

訂位
Réserver un restaurant

您好，我想預訂明天晚上四個人的桌位。

Bonjour, j'aimerais réserver une table pour 4 demain soir.

bonh-zhoohr zhehm-ray ray-zehr-vay ewn tah-bl poohr kathr duh-menh swahr

● Hello, I would like to book a table for 4 tomorrow evening.

好的，訂位的時間和名字是？

Oui, à quelle heure et sous quel nom ?

wee ahkeh -luhr ay soo kehl nonh

● Yes, at what time and in which name?

晚餐幾點開始供應？

A partir de quelle heure servez-vous le dîner ?

ah pahr-teehr duh keh luhr sehr-vay - voo luh dee-nay

● What time does the dinner begin serving?

很抱歉，但已經沒有空桌位了。

Je regrette, mais il n'y a plus de table disponible.

zhuh hruh-greht may eehy -ah plew duh tah-bl dees-po-neebl

● I'm sorry, but there's no more table available.

有空位時可以通知我嗎？

Pourriez-vous m'informer dès qu'il y a une table de libre ?

poo-hree-ay - voo menh-fohr-may deh kee-ly-ah ewn tah-bl duh lee-bhr

● Would you please inform me once there's a table available?

請問您的聯絡方式？

Vos coordonnées, s'il vous plaît ?

vo-thr kohr-do-nay seel voo pleh

● Your details, please?

取消預約有什麼規定嗎？

Auriez-vous des conditions d'annulation ?

o-hree-ay voo day konh-dee-syonh dah-new-lah-syonh

● Do you have any cancellation policy?

我希望將今晚的預約改成後天。

Je désirerais décaler ma réservation de ce soir pour après-demain.

zhuh day-zeehr-ray day-kah-lay mah ray-zehr-vah-syonh duh suh swahr poohr ah-preh-duh-menh

● I would like to change my booking this evening for the day after tomorrow.

句型：詢問人數－你們（您）有幾位？

你們（您）有幾位？

Combien êtes-vous ?

konh-byenh et -voo

● How many in your party?

文法解析 → 上館子時，服務生的第一句話通常都會問來用餐的有幾個人，回答時可以一整句回答「我們有…個人」，或是簡單地以數字回答；如果只有一個人，由於所指的單位「人」（personne）是陰性名詞，因此需回答「une (personne)」。

兩個	三個	四個	五個
deux	**trois**	**quatre**	**cinq**
duh	twa	ka-thr	senhk
two	three	four	five

胃口
Appétit

這個時間還可以用午／晚餐嗎？

Est-il encore possible de déjeuner / dîner à cette heure-ci ?

ay-teel anh-kohr po-see-bl duh day-zhuh-nay / dee-nay ah seh-tuhr-see

● Do you still serve lunch / diner now?

我不太餓。

Je n'ai pas très faim.

zhuh nay pah treh fenh

● I'm not so hungry.

可以替我推薦點清淡的東西嗎？

Pouvez-vous me proposer quelque chose de léger ?

poo-vay -voo muh pro-po-zay kehl-kuh shoz duh lay-zhay

● Can you recommend me something light?

桌位
À l'entrée du restaurant

您有預約嗎？

Avez-vous réservé ?

ah-vay-voo ray-zehr-vay

● Did you make a reservation?

有的，七點半姓陳的兩位。

Oui, pour 2 personnes à 7 heures et demie au nom de Chen.

wee poohr duh pehr-son ah seh-tuhr ay duh-mee o nonh duh shenh

● Yes, for 2 people at 7:30 in the name of Chen.

大概得等候多久？

Quel est le temps d'attente estimé ?

keh -lay luh tanh dah-tanht ays-tee-may

● What is the estimated wating time?

我們想坐靠窗的桌子。

Nous voudrons une table près de la fenêtre.

noo voo-dhronh ewn tah-bl preh duh lah fuh-neh-thr

● We would like a table near the window.

句型：可以推薦我點～的東西嗎？

可以推薦我點……的東西嗎？

Pouvez-vous me proposer quelque chose de / d' ________ ?

poo-vay -voo muh pro-po-zay kehl-kuh shoz duh /

● Could you recommend me something ～？

文法解析 →「quelque chose」是個泛指代名詞，相當於英文的「something」，是相當好用的一個詞。附加形容詞的時候，除了必須放在名詞後面，還需要先加上一個「de」，這是比較不同的一點。

新
neuf
nuhf
new

簡單
simple
senh-pl
simple

其他
d'autre
do-thr
else

特別
spécial
spay-syal
special

有趣
d'intéressant
denh-tay-ray-sanh
interesting

更便宜
moins cher
mwenh shehr
cheaper

菜單
Carte et menus

有中文或英文的菜單嗎？

Auriez-vous une carte en chinois ou en anglais ?

o-hree-ay-voo ewn kahrt anh shee-nwa oo anh anh-glay

● Do you have Chinese or English menu?

你們有套餐嗎？

Avez-vous des menus ?

ah-vay-voo day muh-new

● Do you have set menus?

您推薦什麼菜？

Qu'est-ce que vous recommandez ?

kehs kuh voo ruh-ko-manh-day

● What do you recommend?

最受歡迎的是哪些菜？

Quels sont les plats les plus demandés ?

kehl sonh lay plah lay plew duh-manh-day

● Which are the most popular courses?

這是道什麼樣的菜？

De quelle sorte de plat s'agit-il ?

duh kehl sohrt duh plah sah-gee-teel

● What kind of course is this?

法文菜單解碼

菜單的基本架構，通常會按照用餐順序來加以分門別類，有的餐廳會將酒單和甜點、飲料部分另外製成一本，其編排方式如下——

單點 à la carte ah lah kahrt	套餐 menu muh-new

開胃小點

類似英文的「finger food」，通常是搭配開胃酒或正式開始上菜前附的小點心。

amuse-gueules ah-mewz-kuhl	mises en bouches mee zanh boosh

頭盤 hors-d'œuvres（*ohr-duh-vhr*）

古典法式料理中，指的是次序位於湯品與前菜之間，份量精簡的一道菜。如今隨著用餐習慣的簡化，多為開胃小點或前菜所取代。

前菜 entrées（*anh-tray*）

冷盤 entrées froides anh-tray fwad	熱前菜 entrées chaudes anh-tray shod

主菜 plats principaux（*plah prenh-see-poh*）

魚類和甲殼類 poissons et crustacés pwa-sonh ay krews-tah-say	肉類 viandes vee-anhd
家禽類 volailles vo-lahy	野味 gibiers gee-by-ay

最後，在用餐的尾聲：

起士 fromages froh-mah-zh	甜點 desserts day-sehr

菜單常見字彙

冷盤 entrées froides（*anh-tray fwad*）

義式生肉片
carpaccio
kahr-pah-shyo
carpaccio

肉醬／陶罐肉醬
pâté / terrine
pah-tay / teh-reen
pate / terrine

肥（鴨／鵝）肝
foie gras (de canard / d'oie)
fwa grah (duh ka-nahr / dwa)
(duck / goose) liver

醃製肉類（臘腸等）
charcuterie
shar-kew-tree
cold meat

臘腸
saussison
soh-see-sonh
dried sausage

維琪奶油冷湯
crème vichyssoise
krem vee-shee-swaz
cold potato-leek soup

熱前菜 entrées chaudes（*anh-tray shod*）

湯
soupe / potage
soop / po-tah-zh
soup

清高湯
consommé
konh-so-may
clear broth

濃湯
velouté
vuh-loo-tay
creamy soup

蝦蟹濃湯
bisque
beesk
bisque

田雞
grenouille
gruh-nooy
frog

田螺
escargot
ehs-kahr-go
snail

蔬菜 légume（*lay-gewm*）

大蒜
ail
ahy
garlic

朝鮮薊
artichaut
ahr-tee-sho
artichoke

蘆筍
asperge
ahs-pehr-zh
asparagus

茄子
aubergine
o-behr-geen
eggplant

酪梨
avocat
ah-vo-kah
avocado

青花菜
brocoli
bhro-ko-lee
broccoli

芹菜
céléri
say-lay-hree
celery

牛肝蕈
cèpe
sehp
boletus

洋菇
champignon
shanh-pee-nyonh
mushroom

甘藍
chou
shoo
cabbage

花椰菜
chou-fleur
chou -fluhr
cauliflower

小黃瓜
concombre
konh-konh-bhr
cucumber

筍瓜
courgette
koohr-zhet
zucchini

苦苣
endive
anh-deev
endive

菠菜
épinard
ay-pee-nahr
spinach

洋香芹／茴香
fenouil
fuh-nooy
fennel

四季豆
haricot
ah-ree-ko
bush-bean

萵苣
laitue
lay-tew
lettuce

扁豆
lentille
lanh-teey
lentil

玉米
maïs
mah-ees
corn

蘿蔔
navet
nah-veh
turnip

豌豆
petit pois
puh-tee pwa
pea

韭蔥
poireau
pwa-hro
leek

馬鈴薯
pomme de terre
pom duh tehr
potato

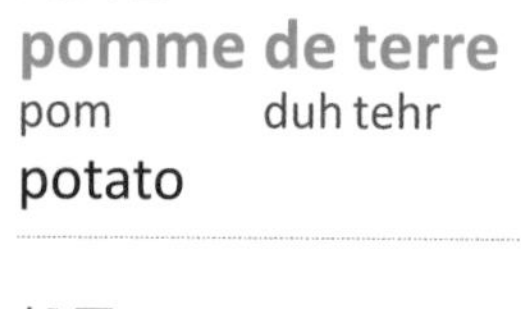

青／彩椒
poivron
pwav-ronh
bell pepper

南瓜
potiron
po-tee-ronh
pumpkin

紅皮小蘿蔔
radis
rah-dee
radish

松露
truffe
trewf
truffle

魚類 poissons（*pwa-sonh*）

鯷魚
anchois
anh-shwa
anchovy

鰻
anguille
anh-geey
eel

狼鱸
bar
bahr
wolf perch

鱈魚
cabillaud / morue
kah-bee-yo / moh-rew
codfish

狗魚
brochet
bhro-sheh
pike

鰈魚
barbue
bahr-bew
brill

鯉魚
carpe
kahrp
carp

青鱈
colin / lieu
ko-lenh / ly-uh
pollock

鯛
daurade
do-hrahd
sea bream

大西洋鯡
hareng
ah-ranh
herring

江鱈
lotte
lot
burbot

鮟鱇
lotte de mer
lot duh mehr
anglerfish

鱒魚
truite
trweet
trout

鱸魚
perche
pehr-sh
perch

牙鱈
merlan
mehr-lanh
whiting

鯖魚
maquereau
mak-roh
mackerel

石狗公
rascasse
rahs-kahs
scorpionfish

鮭魚
saumon
so-monh
salmon

比目魚
sole
sol
sole

海鱸
loup de mer
loo duh mehr
sea bass

海鮮 fruits de mers（*fwee duh mehr*）

扇貝
coquille St Jacques
ko-keey senh zhahk
scallop

螃蟹
crabe
krahb
crab

蝦
crevette
kruh-veht
shrimp

小龍蝦
écrevisse
ay-kruh-vees
crawfish

龍蝦（有螯）
homard
o-mahr
lobster

龍蝦（淡水，無螯）
langouste
lanh-goost
spiny lobster

牡蠣
huître
wee-thr
oyster

淡菜
moule
mool
mussel

挪威海螯蝦
langoustine
lanh-goos-teen
large shrimp

海膽
oursin
oohr-senh
sea urchin

綴錦蛤
palourde
pah-loohrd
clam

章魚
poulpe
poolp
octopus

肉類 viandes（*vee-anhd*）

羔羊
agneau
ah-nyo
lamb

牛肉
bœuf
buhf
beef

小牛肉
veau
vo
veal

豬肉
porc
pohr
pork

山羊
chèvre
sheh-vhr
goat

羊肉
mouton
moo-tonh
mutton

肉類的部位

一般牛排
bifteck
beef-tehk
beefsteak

整組烤肋排
carré
kah-ray
rack

肋排／排骨
côte
kot
rib

肉片
émincé
ay-menh-say
shredded

厚肉片／排
escalope
ehs-kah-lop
cutlet

漢堡排（牛肉）
steak haché
stehk ah-shay
minced steak

胸腺
ris
hree
sweetbreads

胸肉
poitrine
pwa-treen
breast

（羊）腿
gigot
gee-go
leg

（羊）膝
souris
soo-hree
knuckle-end

牛／羊小排或豬排
côtelette
kot-leht
rib chop/chop

沙朗（腰脊）
faux-filet / contre-filet
foh-fee-leh / konh-thr-fee-leh
sirloin

菲力（里脊）
filet
fee-leh
fillet

小菲力／去骨羊小排
médaillon / noisette
may-dah-yonh / nwa-zeht
medallion

牛腱
jarret
zha-reht
shin

嫩菲力
tournedos
toohr-nuh-do
small fillet

（頂級）菲力
filet mignon
fee-leh mee-nyonh
filet mignon

肋眼
entrecôte
anh-truh-kot
rib(eye) steak

肩胛排
épaule
ay-pol
chuck / shoulder

豬腳
pied (de porc)
pyeh （duh pohr ）
foot (of pig)

注：「filet」一字本身有肉片、肉排的意思，不僅可用於牛肉，也適用於其他家畜或家禽和魚肉，不過指的多是肉質較軟嫩的里脊部位。法國料理中常見的 filet、filet mignon、médaillon 或 noisette 和 tournedos 都等同我們所認知的菲力牛排，也就是牛里脊肉，但原文卻因所取部位、形狀的不同，而各有特別的稱呼。

家禽與野味 volailles et gibiers（*vo-lahy ay gee-by-ay*）

雌鹿
biche
beesh
doe

鹿肉
chevreuil
shuh-vruhy
venison

鵪鶉
caille
kahy
quail

小山鶉
perdreau
pehr-dhro
partridge

鴨
canard
kah-nahr
duck

雛鴨
caneton
kahn-tonh
duckling

公雞
coq
kok
cock

火雞
dinde
denhd
turkey

雉／野雞
faisan
fuh-zanh
pheasant

閹雞
chapon
shah-ponh
capon

（雞或鴨的）胸肉
blanc / filet
blanh / fee-leh
breast

雞或鴨柳
aiguillette
ay-gwee-yeht
slice

珍珠雞
pintade
penh-tahd
guinea fowl

小母雞
poularde
poo-lahrd
fattened pullet

野豬
sanglier
sanhg-lee-yay
wild boar

乳鴿
pigeonneau
pee-zho-noh
squab

兔子／野兔
lapin / lièvre
lah-penh / lyeh-vhr
rabbit / hare

（雞、田雞等）腿
cuisse
kwees
leg

春雞
poussin
poo-senh
spring chicken

帶皮鴨胸
magret de canard
mah-greh duh kah-nahr
magret

香草與辛香料 herbes et épices（*ehrb ay tay-pees*）

蒔蘿
aneth
ah-neht
dill

羅勒
basilic
bah-see-leek
basil

細葉芹
cerfeuil
sehr-fuhy
chervil

細香蔥／蝦夷蔥
ciboulette
see-boo-leht
chives

香茅
citronnelle
see-tro-nehl
citronella

芫荽
coriandre
ko-hryanh-dhr
coriander

龍蒿
estragon
ehs-trah-gonh
tarragon

月桂
laurier
lo-hree-yay
bay leaf

牛至
origan
o-hree-ganh
oregano

酸模
oseille
ohr-zehy
sorrel

薄荷
menthe
manht
mint

辣椒粉
paprika
pah-phree-kah
paprika

歐芹／巴西利
persil
pehr-see
parsley

迷迭香
romarin
ro-mah-renh
rosemary

番紅花
safran
sah-franh
saffron

百里香
thym
tenh
thyme

烹調法

蒸
à la vapeur
ah lah vah-puhr
steamed

（烤箱）烘烤
au four
o foohr
baked

煨
braisé
breh-zay
braised

肉丸
boulette
boo-leht
meat ball

（烤）肉串
brochette
bro-sheht
skewer

碳烤肉
carbonade
cahr-bo-nahd
carbonnade

油封／醋漬
confit
konh-fee
preserved

鑲餡
farci
fahr-see
stuffed

（酒）燒
flambé
flanh-bay
flambed

炸
frit
fhree
fried

煙燻
fumé
few-may
smoked

奶焗
gratiné
grah-tee-nay
gratin

（烤架）燒烤
grillé
gree-yay
grilled

以佐料浸煮
mariné
mah-ree-nay
marinaded

小火慢燉
mijoté
mee-zho-tay
simmer

熱炒
poêlé
pwa-lay
panfried

烘烤
rôti
ro-tee
roast / broiled

煎
sauté
so-tay
sauteed

韃靼／生拌
tartare
tahr-tahr
tartar

肉排淋奶油醬汁
suprême
sew-prehm
fillet with sauce

牛排熟度 cuisson（*kwee-sonh*）

1 分（雙面微煎過）
bleu
bluh
blue rare

3 分熟（帶血的）
saignant
say-nyanh
rare

5 分熟（剛剛好）
à point
ah pwenh
medium

7、8 分（全熟）
bien cuit
byenh kwee
well-done

點菜

Commande de plats

在歐洲，只要是稍有規模的餐廳，都很講究同桌客人的上菜步調；也就是前菜都出完了，才會一起上全部人的主菜。因此，點菜時若道數能維持一致，用餐時也比較不會出現得呆看著別人吃飯的空檔。

您選好了嗎？

Avez-vous choisi ?

ah-vay-voo shwa-zee

● Have you made your choice?

還沒，請再稍等一下。

Non, encore un petit moment s'il vous plaît.

nonh anh-kohr uhnh puh-tee mo-monh seel voo pleh

● Not yet, please come back a bit later.

麻煩一下，我們可以點菜了。

S'il vous plaît, nous sommes prêts à commander.

seel voo pleh noo som preh ah konh-manh-day

● Excuse me, we are ready to order.

我要南瓜湯和鮭魚排。

Pour moi, une soupe de potirons et un filet de saumon.

poohr mwa ewn soop duh po-tee-hronh ay uhnh fee-leh duh so-monh

● I would like a pumpkin soup and a salmon fillet.

您的牛排要幾分熟？

Comment voulez-vous votre steak ?

ko-manh voo-lay -voo vo-thr stehk

● How do you like your steak ?

現在還來得及更改點單嗎？

Est-il encore temps de modifier ma commande ?

ay-teel anh-kohr tanh duh mo-dee-fee-ay mah konh-manhd

- Is it still possible to change my orders order ?

套餐

Menus à composition au choix

你們的今日特餐 / 本日推薦菜是什麼？

Quel est votre menu / plat du jour ?

keh -lay voh-thr muh-new/ plah dewzhoohr

- What is your Today's Special?

一般餐廳除了今日特餐和推薦菜以外，還會有幾種不同的套餐選擇，可以依照個人不同的需求從中選擇。

主廚套餐

menu du chef

muh-new dew shehf

主廚特別推薦的套餐

風土套餐

menu du terroir

muh-new dew teh-rwahr

食材以在地特產為主

品嚐套餐

menu dégustation

muh-new day-gews-tah-syonh

精選餐廳代表菜色，菜色多但份量較精緻

老饕套餐

menu gourmand

muh-new goohr-manh

菜色和份量最為豐富

午間套餐

menu déjeuner

muh-new day-zhuh-nay

午間限定的商業簡便套餐

任選

au choix

o shwa

意為可從不同的菜色中挑選

單品主菜

Plat unique

單品主菜（plat unique，*plah ew-neek*）是指單一道份量豐富的主菜，可多人一起享用。除了小酒館可以吃到以外，也有不少屬於家常料理；當中像是起士火鍋、海鮮拼盤這一類帶有 DIY 性質的菜餚，尤其適合全家或親友同桌分享。

這怎麼吃法？

Comment cela se mange-t-il ?

ko-manh suh-lah suh manh-zh-teel

● How should I eat this ?

我可以要食譜嗎？

Je peux avoir la recette ?

zhuh puh ah-vwahr lah ruh-seht

● Can I have the recipe?

這是我第一次吃瑞克雷火鍋。

C'est la première fois que je mange de la raclette.

say lah pruh-mee-yayhr fwa kuh zhuh manh-zh duh lah rah-kleht

● It's my first time eating raclette.

常見單品主菜

馬賽魚湯

bouillabaisse *f.*

boo-yah-behs

酸菜料理

choucroute *f.*

shoo-kroot

古司古司

couscous *m.*

koos-koos

起士／油炸火鍋
fondue *m.*
fonh-dew

牛肉蔬菜燉鍋
pot au feu *m.*
po to fuh

哈克雷火鍋
raclette *f.*
rah-kleht

卡蘇萊什錦砂鍋
cassoulet *m.*
kah-soo-leh

海鮮拼盤
plateau de fruits de mer *m.*
plah-to duh frwee duh mehr

●馬賽魚湯：古早時期是漁夫用剩餘魚獲做成的什錦湯，現今變成了世界名菜，尤其是加入龍蝦和番紅花等高級食材的馬賽魚湯，想不高貴都很難。

●卡蘇萊什錦砂鍋：土魯斯著名家常料理，內容為白豆、豬肉、醃肉或臘腸的大雜燴。

●酸菜料理：「choucroute」指的是酸菜，食用時會搭配馬鈴薯、香腸火腿等，是阿爾薩斯省的知名地方菜。

●古司古司：「古司古司」本身指的是類似小米的小麥飯，是北非人的主食。當作菜餚食用時，會搭配肉類及蔬菜高湯，有點像燴飯。

●起士火鍋：一般指以葛瑞爾乳酪製成的名菜，但也有油炸版。前者是將起士與白酒放入火鍋中融化，用來沾麵包食用；後者則是在小油鍋中 DIY 放入海鮮等各式食材。

●海鮮拼盤：巴黎許多海鮮餐廳都會供應，也是豆豆先生在電影裡點了卻不敢吃的料理；因為裡頭全是生蠔以及各種鮮蝦貝類等生冷海產，僅搭配牛油、麵包和醬汁食用，有吃壞肚子的風險存在。

●牛肉蔬菜燉鍋：公認的法式火鍋，字面上看起來也的確很接近。這道菜是以牛腱、牛骨加上紅蘿蔔、蔥、芹菜、馬鈴薯一併熬煮而成，牛骨髓可取出抹在麵包上食用。

●哈克雷火鍋：亦稱瑞士鐵板燒（當地慣用陽性的 raclette 來指稱此種乳酪）。食用時必須將切片的哈克雷乳酪，放在附有許多小剷子的鐵板「火鍋」上分開加熱，待融化後倒在煮熟的馬鈴薯上，搭配火腿和其他蔬菜一起享用。

素食
Végétarisme

素食者在法國當地算是小眾，如果有自己不吃的東西，點菜前先告知服務生比較妥當。另外，上法國友人家作客前，也請先透露自己的特殊飲食習性，因為法文中牛、羊肉有許多不同說法，為了避免誤會甚至誤吃，還是得花點時間解釋清楚。

有素食菜嗎？

Y-a-t-il des plats végétariens ?

yah -teel day plah vay-zhay-tah-ryenh

● Do you have vegetarian courses?

我是虔誠的佛教徒。

Je suis bouddhiste pratiquant.

zhuh swee boo-deest prah-tee-kanh

● I'm a practising buddhist.

我正在節食。

Je suis au régime.

zhuh swee o ray-zheem

● I'm on a diet.

我不吃牛肉也不吃羊肉。

Je ne mange pas de bœuf, ni de mouton.

zhuh nuh manh-zh pah duh buhf nee duh moo-ton

● I don't eat either beef or mutton.

過敏
Allergies et contraintes alimentaires

我對海鮮過敏。

Je suis allergique aux fruits de mer.

zhuh swee ah-lehr-geek o frwee duh mehr

● I'm allergic to seafood.

我酒量不好。

Je ne tiens pas l'alcool.

zhuh nuh tyenh pah lahl-kol

● I can't hold my liquor.

我不能吃奶製品。

Je ne supporte pas les produits laitiers.

zhuh nuh sew-pohrt pah lay pro-dwee lay-tyay

● I can't have any dairy products.

這道菜裡面有些什麼材料？

Quels sont les ingrédients du plat ?

kehl sonh lay zenh-gray-dyanh dew plah

● What ingredients are there in this course?

句型：點菜順序

一開始先給我們來 ① (份) ② 。

Pour commencer, apportez-nous ① ② .

poohr ko-manh-say ah-pohr-tay - noo

● Please bring us ① + ② 2 as starters.

最後，以 ① (份) ③ 做為主菜。

Ensuite, ① ③ comme plats principaux.

anh-sweet kom plah prenh-see-poh

● Then ① + ③ 3 as main dishes.

接著，① (份) ④ 作結。

Et ① ④ pour finir.

ay poohr fee-neehr

● And ① + ④ for ending.

① 〈數字〉

一
un / une
uhnh / ewn
one

二
deux
duh
two

三
trois
twa
three

② 〈前菜菜色〉

沙拉
salade(s)
sah-lahd
salad(s)

肥鴨肝
foie(s) gras de canard *m.*
fwah grah duh kah-nahr
duck liver(s)

③〈主菜菜色〉

小菲力
médaillon(s) de bœuf *m. (pl.)*
may-dah-tonh duh buhf
beef medallion(s)

羊小排
côtelettes d'agneau *f. pl.*
kot-leht dah-nyoh
lamb chops

④〈甜點飲料〉

巧克力蛋糕
gâteau(x) au chocolat *m. (pl.)*
gah-toh oh sho-koh-lah
chocolate cake(s)

義式濃縮咖啡
expresso(s) *m. (pl.)*
eks-preh-soh
expresso(s)

點用佐餐酒

Commander du vin

「sommelier」是在高級餐廳、葡萄酒吧或專業葡萄酒鋪中，提供顧客酒水諮詢服務的專業人員。其實侍酒師不只侍酒，也負責其他飲料與餐點的搭配，像是礦泉水、蘇打等等，不喝酒的朋友也可向其詢問合適的飲品。而對酒款的風味、年份、酒莊等差異不熟悉的人，聽從侍酒師的建議，通常是較保險的作法。

您要喝點什麼呢？
Qu'est-ce que je vous sers à boire ?
kehs kuh zhuh voo sehr ah bwahr
What drink should I serve you?

請給我酒單。

Donnez-moi la carte des vins s'il vous plaît.

do-nay -mwa lah kahrt day venh seel voo pleh

● May I see your wine list, please?

您有哪些地方上生產的葡萄酒？

Qu'avez-vous comme vins de la région ?

kah-vay -voo kom venh duh lah ray-zhyonh

● What kind of regional wine do you have ?

我點的菜該選搭哪些葡萄酒？

Quels vins dois-je choisir pour accompagner mes plats ?

kehl venh dwa-zhuh shwa-zeehr poohr ah-konh-pah-nyay may plah

● Which wine should I choose for my dishes ?

這一款酒是怎麼樣的？

C'est comment comme vin ?

say ko-manh kom venh

● How does the wine taste?

我會比較偏好清爽、帶果香的酒。

Je préférerais un vin léger et fruité.

zhuh pray-fayh-ray uhnh venh lay-zhay ay frwee-tay

● I would prefer a light and fruity wine.

那麼我就要一支這款小瓶的。

Je vais donc prendre une demi-bouteille de celui-là.

zhuh vay donhk pranh-dhr ewn duh-mee-boo-tehy duh suh-lwee-lah

● I would like one half-bottle of this one, then.

請給我一杯白／紅酒。

Apportez-moi un verre de vin blanc / rouge.

ah-pohr-tay-mwa uhnh vehr duh venh blanh / rhoo-zh

● I would like a glass of white / red wine.

你偏好哪一個，這一個還是那一個？

Lequel tu préfères, celui-ci ou celui-là ?

luh-kehl tew pray-fehr suh-lew-ee-see oo suh-lew-ee-lah

● Which one do you prefer, this one or that one?

補充字彙

侍酒師

sommelier *m.*

soh-muh-lyay

wine waiter

酒窖

cave à vin *m.*

kahv ah venh

wine cave

壺（25、50 cl）

pichet *m.*

pee-sheh

jug / pitcher

小瓶（375 ml，字面意思為半瓶）

demi-bouteille *f.*

duh -mee-boo-tehy

half bottle

※厘升（縮寫為cl）是在法國常見的度量單位，1 cl＝10 ml。

其他佐餐飲品
Autres boissons

您還需要什麼其他的嗎？

Désirez-vous autre chose ?

day-zee-ray-voo othr shoz

● Would you like something else?

是的，一瓶無氣泡礦泉水，麻煩您。

Oui, une bouteille d'eau minérale plate s'il vous plaît.

wee ewn boo-tehy do mee-nay-rahl plaht seel voo pleh

● Yes, a bottle of still mineral water please.

除此之外，沒有其他（需要）的了嗎？

Et avec ceci, ce sera tout ?

ay ah-vehk suh-see suh suh-rah too

● And that's all?

我可以要一點冰塊嗎？

Puis-je avoir des glaçons ?

pwee-zhuh ah-vwahr day glah-sonh

● May I have some ice cubes?

請再來一瓶。

Une autre bouteille s'il vous plaît.

ewn othr boo-tehy seel voo pleh

● Another bottle, please.

冷飲
boissons fraîches

含酒精飲料 boissons alcoolisées（*bwa-sonh ahl-ko-lee-zay*）

白啤
bière blanche *f.*
byehr blonh-sh
white beer

金黃啤酒
bière blonde *f.*
byehr blonhd
gold beer

琥珀啤酒
bière ambrée *f.*
byehr anh-bray
amber beer

黑啤
bière brune *f.*
byehr bhrewn
brown beer

單杯啤酒（約 250 ml）
demi *m.*
duh-mee
half pint

生啤酒
pression *f.*
preh-syonh
draft beer

甜味蘋果酒
cidre doux *m.*
see-dhr doo
sweet cider

原味（不甜）蘋果酒
cidre brut *m.*
see-dhr bhrew
brut cider

單碗（蘋果酒）
bol *m.*
bol
bowl

不含酒精 non alcoolisées（*nonh ahl-ko-lee-zay*）

礦泉水
eau minérale *f.*
o mee-nay-rahl
mineral water

無氣泡礦泉水
eau plate *f.*
o plaht
plain water

充氣礦泉水
eau gazeuse *f.*
o gah-zuhz
sparkling water

天然氣泡礦泉水
eau pétillante *f.*
o pay-tyanht
natural sparkling water

可樂
coca *m.*
ko-kah
coke

檸檬水
limonade / citronnade *f.*
lee-monh-nahd / see-tro-nahd
lemon soda / lemonade

汽水
soda *m.*
so-dah
soda

果汁 jus de fruits（*zhew duh frwee*）

如標明frais pressé（*freh preh-say*），則為新鮮現榨。

杏桃
abricot
ah-bhree-ko
apricot

柳橙
orange
o-hranh-zh
orange

西洋梨
poire
pwahr
pear

蘋果
pomme
pom
apple

鳳梨
ananas
ah-nah-nahs
pineapple

試酒

Goûter le vin

在高級餐廳點酒，有時侍酒師在倒酒前會先試飲過，確認沒有瑕疵才會上酒，但多半還是會讓顧客自己試酒。當然，若是沒有把握的話，這一個步驟也可以請侍酒師代勞。

這支酒壞掉了（有木塞味）。

Ce vin est bouchonné.

suh venh ay boo-shonh-nay

● This wine is corked.

可以幫我試一下嗎？

Pouvez-vous le goûter pour moi ?

poo-vay -voo luh goo-tay poohr mwa

● Can you taste it for me?

酒不夠冰。

Il n'est pas assez frais.

eel nay pah ah-say fhray

● It's not cool enough.

這支酒有點咬舌（澀口）。

Le vin est un peu râpeux.

luh venh ay uhnh puh ra-puh

● The wine tastes a bit harsh.

祝您健康／乾杯。

(À votre) Santé / Tchin, tchin.

ah vo-thr sanh-tay / sheenh sheenh

● Cheers.

基本單字
打開話匣
交通
探索美食
觀光遊覽
購物血拼
住宿
出狀況

其他可能出現的狀況

太熱／溫度太高	太冰	（過度）氧化	沒醒（封閉）
trop chaud	**trop froid**	**oxydé**	**fermé**
thro sho	thro fwa	ohk-see-day	fehr-may
too warm	too cold	oxidised	closed

沙拉
Salades

正統法式用餐禮儀中，在餐盤上切割生菜是不雅的舉動，必須用刀叉一片片折疊翻捲成適合的大小，再放入口中。

我想要多一點酒醋醬。
J'aimerais un peu plus de vinaigrette.
zhehm-ray uhnh puh plews duh vee-neh-greht
● I would like some extra dressing.

這看起來很好吃。
Ça a l'air très bon.
sah ah lehr treh bonh
● This looks really delicious.

祝胃口大開。
Bon appétit.
bonh ah-pay-tee
● Enjoy your meal.

抱怨
Critiques et plaintes

你覺得這道菜怎麼樣？

Comment trouves-tu le plat ?

ko-manh troov-tew luh plah

● How do you like the dish?

這沒什麼味道。

C'est un peu fade.

say uhnh puh fahd

● It's tasteless.

一切都還好嗎？

Est-ce que tout va bien ?

ehs kuh too vah byenh

● Is everything okay?

我們已經等了蠻久了。

Nous attendons depuis pas mal de temps.

noo ah-tanh-donh duh-pwee pah mahl duh tanh

● We've been waiting quite a while.

我的湯是溫的。

Ma soupe est tiède.

mah soop ay tyehd

● My soup is lukewarm.

我想換一支刀子，這一支不太乾淨。

J'aimerais un autre couteau, celui-ci n'est pas très propre.

zhehm-ray uhnh nothr koo-to suh-lew-ee-see nay pah treh pro-prh

● I would like another knife, this one isn't so clean.

我沒有點這道菜。

Je n'ai pas commandé cela.

zhuh nay pah ko-manh-day suh-lah

● I haven't orderd this one.

這牛排煎得不夠熟。

Ce steak n'est pas assez cuit.

suh stehk nay pah ah-say kwee

● The steak is too rare.

有蒼蠅在我們周圍飛來飛去。

Il y a une mouche volant tout autour.

ee-lya ewn moosh vo-lanh too to-toohr

● There's a bug flying around.

補充字彙

口布／餐巾	湯匙	叉子	盤子
serviette *f.*	**cuillère** *f.*	**fourchette** *f.*	**assiette** *f.*
sehr-vyeht	kwee-yehr	foohr-sheht	ah-see-yeht
napkin	spoon	fork	plate

句型：～打擾 / 妨礙到我們

______打擾到我們。

Le / La / L' ①+② nous dérange.

Luh / lah / noo day-ranh-zh

 We are disturbed by ________________ .

文法解析 → 「déranger」一字屬於第一類及物動詞，在法文中常會將動詞的受詞，以代名詞的方式置於主、動詞之間，及物動詞按人稱有「me、te、 le / la、nous、vous、les」幾種，若句中動詞為不及物（即動詞接受詞前要另加介係詞），則另以「lui、leur」取代「le / la、les」。

①

噪音	壞	空氣
bruit *m.*	**mauvais** *adj.*	**l'air**
brew-ee	mo-vay	lehr
noise	bad	air

②

隔壁的	天氣	受污染的
voisin *adj.*	**temps** *m.*	**pollué** *adj.*
vwa-zenh	tanh	po-lew-ay
next door	weather	polluted

說明：法文中，並非所有的形容詞均置於名詞之後，部分形容詞如「mauvais」須固定置於名詞之前，也有其他形容詞可能因出現在名詞之前或之後，而產生不同意義。

句型：這道菜太～

這道菜太 ________ .

Ce plat est trop ________ .

suh plah ay troh

This dish is too ________ .

酸

acide

ah-seed

sour

苦

amer

ah-mehr

bitter

味道重

épicé

ay-pee-say

spicy

辣

piquant

pee-kanh

hot

鹹

salé

sah-lay

salty

4-27

餐後甜點
Desserts pour finir le repas

您吃完了嗎？
Vous avez fini / terminé ?
voo ah-vay fee-nee / tehr-mee-nay
● Have you finished?

要來點乳酪或甜點嗎？
Voulez-vous du fromage ou un dessert ?
voo-lay -voo dew fro-mah-zh oo uhnh day-sehr
● Would you like some cheese or a dessert?

您推薦哪一個？
Lequel me recommandez-vous ?
luh-kehl muh ruh-ko-manh-day -voo
● Which one do you recommend?

我想點一份香草舒芙蕾。
Je voudrais un soufflé à la vanille.
zhuh voo-dray uhnh soo-flay ah lah vah-neey
● I would like a vanilla soufflé.

可以取消甜點嗎？
Est-ce que je peux annuler le dessert ?
ehs kuh zhuh puh ah-new-lay luh day-sehr
● Can I canceled the dessert?

基本單字 打開話匣 交通 探索美食 觀光遊覽 購物血拼 住宿 出狀況

常見甜點與醬料

卡納蕾／可麗露
canelé
kah-nuh-lay
canelé

泡芙
chou à la crème
shoo ah lah krehm
cream puff

糖煮水果丁
compote
konh-pot
compote

英式卡士達醬
crème anglaise
krehm anhg-lehz
custard sauce

烤布蕾（焦糖布丁）
crème brûlée
krehm bhrew-lay
crème brûlée

（香堤）鮮奶油
crème chantilly
krehm shanh-tyee
whipped cream

栗子醬
crème de marrons
krehm duh mah-hronh
chestnut cream

閃電泡芙
éclair
ay-klehr
long cream puff

原味布丁
flan nature
flanh nah-tewhr
custard tart

蛋糕
gâteau
ga-to
cake

馬卡龍
macaron
mah-kah-ronh
macaroon

千層派
millefeuille
meel-fuhy
mille feuilles

蒙布朗栗子塔
mont blanc
monh blanh
mont blanc

巧克力慕斯
mousse au chocolat
moos o sho-ko-lah
chocolate mousse

糖水洋梨
poire pochée
pwahr po-shay
poached pear

舒芙蕾
soufflé
soo-flay
soufflé

白起士塔
tarte fromage blanc
tahrt fro-mah-zh blanh
cheese cake

覆盆子塔
tartelette framboises
tahrt-leht franh-bwaz
raspberry tart

岩漿巧克力蛋糕
fondant au chocolat
fonh-danh o sho-ko-lah
warm melted chocolate cake

漂浮之島
île flottante
eel flo-tanht
meringue with custard cream

4-28

乳酪

Fromages

點用套餐時，如果乳酪盤（plateau de fromages，*plah-to duh fro-mah-zh*）為內容之一，會在甜點前先上，以便搭配佐餐酒與麵包。若是單點，也可以跳過乳酪和甜點，直接來杯咖啡。近年經濟不景氣，餐廳為了鼓勵得在甜點和咖啡間做取捨的客人，推出了老饕咖啡，相當流行。

這款乳酪叫什麼名字？

Quel est le nom de ce fromage ?

keh -lay luh nonh duh suh fro-mah-zh

● What's the name of the cheese?

藍紋乳酪不太好聞。

Le fromage bleu ne sent pas très bon.

luh fro-mah-zh bluh nuh sanh pah treh bonh

● The blue-veined cheese doesn't smell very good.

這支酒該配什麼乳酪？

Quel fromage dois-je choisir pour ce vin ?

kehl fro-mah-zh dwa-zhuh shwa-zeehr poohr suh venh

● What kind of cheese should I choose for this wine?

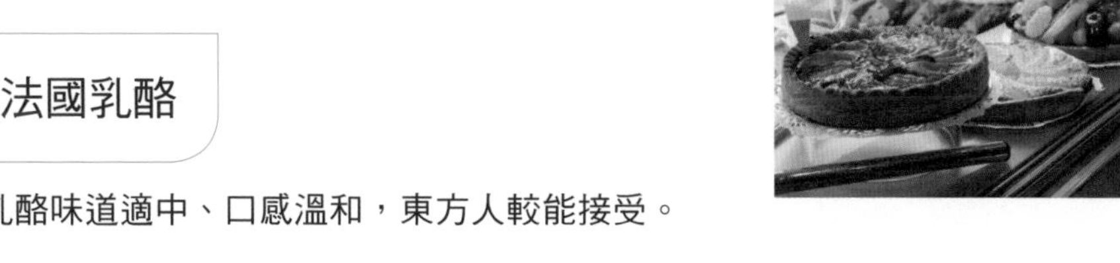

常見法國乳酪

下列乳酪味道適中、口感溫和，東方人較能接受。

卡門貝爾	布里	愛蒙塔	葛瑞爾
camembert	**brie**	**emmental**	**gruyère**
kah-menh-behr	bhree	ay-menh-tahl	grew-yehr

名詞解釋

老饕咖啡
café gourmand
cah-fay goohr-manh
濃縮咖啡加迷你甜點組合

烘焙小點
petits fours
puh-tee foohr
高級餐廳在用餐尾聲通常會加送的小點心

4-29

餐後酒
Digestifs

您知道「生命之水」指的是什麼嗎？
Savez-vous ce que veut dire «eau-de-vie» ?
sah-vay-voo suh kuh vuh - deehr o -duh-vee
● Do you know what does "eau-de-vie" mean?

我想品嚐蘋果燒酒。
Je veux bien déguster le calvados.
zhuh vuh byenh day-gews-tay luh kahl-vah-dos
● I want to taste the calvados.

名詞解釋

餐後酒（digestif，*dee-gays-teef*）為餐後飲用，有幫助消化的功效，通常為烈酒，可分為以下幾種——

◆生命之水 eaux de vie，**亦譯為燒酒，又可分為：**
o duh vee

葡萄燒酒，如 cognac（*ko-nyahk*，干邑白蘭地）、marc（*mahr*，渣釀白蘭地）。
水果燒酒，如諾曼地的特產 calvados。
糖蜜及植物燒酒，如蘭姆。
穀物燒酒，如琴酒、伏特加、威士忌等等。

◆利口酒 liqueurs et crèmes：
lee-kuhr ay krehm

前者與後者的差距在於後者的含糖量較高。

買單
Payer la note

麻煩結帳。
L'addition, s'il vous plaît.
lah-dee-syonh seel voo pleh
● Check please.

可以將帳單分開計算嗎？
Pourriez-vous nous faire des additions séparées ?
poo-hree-yay-voo noo fehr day zah-dee-syonh say-pah-ray
● Could you make it separate checks?

這一頓我請。

Je vais payer pour tout.

zhuh vay pay-yay poohr too

● I'll pay for everything.

謝謝，下一次算我的。

Merci, la prochaine fois, c'est mon tour.

mehr-see lah pro-shen fwa say monh toohr

● Thank you, next time, it'll be on me.

總金額不太對。

Le montant n'est pas juste.

luh monh-tanh nay pah zhew-st

● The amount is not correct.

我們沒有點這個。

On n'a pas commandé ceci.

onh nah pah ko-manh-day suh-see

● We didn't order this.

我可以把小費留在桌上吧？

Je peux laisser le pourboire sur la table ?

zhuh puh lay-say luh poohr-bwahr sewhr lah tah-bl

● Can I leave the tips on the table?

第五章

觀光遊覽

sightseeing

法國一直以來在國人心中，都是如夢似幻的浪漫國度，但其實除了人人嚮往的花都巴黎以外，法蘭西還擁有許多美景與聞名全球的世界文化遺產，以及各式各樣的文化與傳統活動，值得細細品嚐，一再回味！

處處可見的美麗景緻

如詩如畫

a

a. 阿爾薩斯充滿童話風情的小村莊，在櫻花盛開的春日特別迷人。　b. 波爾多的知名酒村聖愛美濃（St-Émilion），在 1999 年被列入聯合國世界遺產。(感謝 2 張圖片提供 : 張一喬)

b

a. 位於法國西南方的波爾多是知名葡萄酒產區，參觀酒莊是當地非常熱門的觀光行程。 b. 著名的普羅旺斯名勝：鬼城（Les Beaux de Provence） c. 嘉德水道橋（Pont du Gard） d. 馬賽港黃昏

優雅浪漫的巴黎景緻

古典的優雅

a

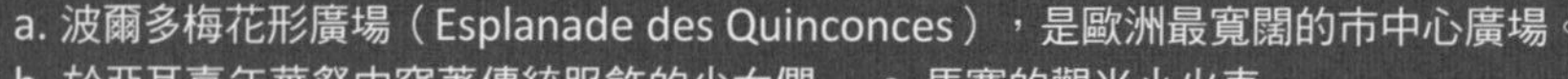

a. 波爾多梅花形廣場（Esplanade des Quinconces），是歐洲最寬闊的市中心廣場。

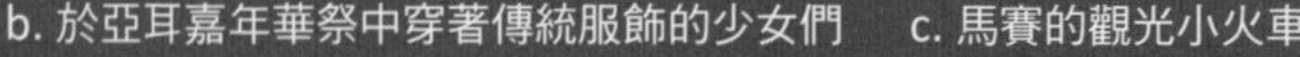

b. 於亞耳嘉年華祭中穿著傳統服飾的少女們　c. 馬賽的觀光小火車

b c

a. 塞納河　b. 莎士比亞書店 (感謝 a.b. 圖片提供 : 以身嗜法 , 法國迷航的瞬間)
c. 龐畢度中心前的斯特拉文斯基噴水池，是遊客最愛留影的景點之一。

欣賞法國的各種風貌

美麗夜巴黎

a

a. 羅浮宮夜景是許多攝影玩家最愛捕捉的畫面
b. 華燈初上的巴黎鐵塔，在蔚藍夜空下耀眼迷人

b

可隨時享受的美味

輕鬆美食

a. 風靡全球的馬卡龍　　b. 各色誘人糕點，引人垂涎。
c. 鮮嫩的鴨心佐燉飯，法國老饕對內臟來者不拒。　d. 琳瑯滿目的花式巧克力

旅遊服務中心
Office du tourisme

在觀光業發達的法國，無論大小城鎮都設有旅遊服務中心，重要城市甚至還擁有好幾個據點，提供遊客們各式各樣的服務，無論是住宿訂房、文化活動諮詢，小到免費觀光地圖都有，對想要臨時抱佛腳、就地取材的人來說，是再便利不過。

我想要一張（免費的）市區地圖。
J'aimerais un plan (gratuit) de la ville.
zhehm-ray uhnh planh (grah-twee) duh lah veel
● I would like a (free) city map.

您推薦參觀些什麼？
Que me conseillez-vous de visiter ?
kuh muh konh-seh-yay-voo duh vee-zee-tay
● What do you recommend me to visit?

現在有什麼有趣的活動嗎？
Y a-t-il des événements intéressants en ce moment ?
ya -teel day zay-vehn-manh enh-tay-reh-sanh anh suh mo-manh
● Is there any interesting event?

這裡可以買到票嗎？
Peut-on acheter les billets ici ?
puh-tonh ah-shuh-tay lay bee-yeh ee-see
● Can we buy the tickets here?

補充字彙

古蹟
monument *m.*
mo-new-manh
monument

（藝文）展覽
exposition *f.*
ehks-poh-zee-syonh
cultural exhibitions

（商業）展覽
foire *f.*
fwahr
business fair

5-2 巴黎博物館通行卡
Paris Museum Pass

想要密集參觀大巴黎地區博物館與歷史景點的人，可考慮購買這種通行卡，除了少數地點和特別展覽均可使用，啟用方式與地鐵通行券雷同，可以事先購買，到時再填上姓名與日期即可。此外，許多地點18歲以下的兒童和少年享有免費參觀的優惠，旅遊服務中心官網（www.parismuseumpass.com）有詳細說明。

這張卡適用於凡爾賽宮嗎？

Est-ce que la carte est valable pour le Château de Versailles ?

ays kuh lah kahrt ay vah-lah-bl poohr luh shah-toh duh vehr-sahy

● Is this card valid for Versailles Castle?

一張 4 天的通行卡是多少錢？

Combien coûte un «pass» de 4 jours ?

konh-byenh koot uhnh pahs duh kah-thr

● How much is a 4 days' pass?

兒童有優惠價嗎？

Y a-t-il un tarif spécial pour les enfants ?

yah-teel uhnh tah-reef spay-syahl poor lay zanh-fanh

● Is there a special fare for children?

Bonjour Paris !...

基本單字 打開話匣 交通 探索美食 觀光遊覽 購物血拼 住宿 出狀況

句型：可以買到～嗎？

這裡可以買到 ________ 嗎？

Peut-on acheter des ________ ici?

puh-tonh ah-shuh-tay day ee-see

Can we buy ________ here?

文法解析 → 屬於第三人稱單數的「on」可用來泛指「一般人、大家」，也可代替「nous」作「我們」解，是很實用的主詞。

旅遊指南

guides touristiques *m. pl.*

geed too-hrees-teek

tourist guides

明信片

cartes postales *f. pl.*

kahrt pos-tahl

postcards

電話卡

cartes téléphoniques *f. pl.*

kahrt tay-lay-fo-neek

telephone cards

郵票

timbres *m. pl.*

tenh-bhr

stamps

句型：～有優惠嗎？

________ 有優惠嗎？

Y a-t-il un tarif spécial pour les ________ ?

yah-teel uhnh tah-reef spay-syahl poor lay

Is there a special fare for ________ ?

文法解析 → 要詢問「有沒有～」除了用「Y a-t-il ～」之外，還可以用「Existe-t-il ～」或「Avez-vous ～」等等，意思大同小異。

學生

étudiants *m. pl.*

ay-tew-dee-anh

students

團體

groupes *m. pl.*

groop

groups

失業者

chômeurs *m. pl.*

sho-muhr

unemployed persons

年長者

séniors *m. pl.*

say-nyohr

seniors

5-3

舊城區

Vieille ville

歐洲的許多大小城鎮，市中心都保有舊城區，那通常是最古色古香，能一睹城市歷史風貌，又是最熱鬧、具有觀光價值的一區。許多地方政府會將這地圖上很顯眼的一區規劃為徒步區，讓遊客能毫無顧忌地穿梭其中，悠閒地享受城市風光。

舊城區有哪些不可錯過的地方？

Quels sont les endroits incontournables dans la vieille ville?

kehl sonh lay zanh-dhrwa enh-konh-toohr-nah-bl danh lah vy-ehy veel

● Where are the must-see places in old city?

這座哥德式大教堂是聯合國教科文組織註冊列名的世界遺產。

Cette cathédrale gothique est inscrite au patrimoine mondial de l'UNESCO.

seht kah-tay-dhral go-teek ay tenhs-khreet oh pah-tree-mwan monh-dyahl duh lew-nays-ko

● The gothic cathedral has been inscribed on the UNESCO World Heritage List.

這是鳥瞰全市的理想地點。

C'est le lieu idéal pour apprécier la vue panoramique sur la ville.

say luh lyuh ee-day-ahl poohr ah-pray-syay lah vew pah-no-rah-meek sewhr lah veel

● It's the ideal place to appreciate city's panoramic view.

可否麻煩在地圖上標出鐘樓的位置？

S'il vous plaît, pourriez-vous indiquer le clocher sur la carte.

seel voo pleh poo-ree-ay -voo enh-dee-kay luh klo-shay sewhr lah kahrt

● Could you please mark the church tower's location on the map?

用走的可以到嗎？

Peut-on y aller à pied ?

puh-tonh ee ah-lay ah pyay

● Can we go there on foot?

塔頂可以上去嗎？

C'est possible de monter en haut de la tour ?

say poh-seebl duh monh-tay anh oh duh lah toohr

● Is it possible to go to the top of the tower?

基本單字 打開話匣 交通 探索美食 觀光遊覽 購物血拼 住宿 出狀況

這需要付費嗎？

Est-ce que c'est payant ?

ays kuh say peh-yanh

● Is there a charge?

補充字彙

徒步區

zone piétonne *f.*

zon pyay-ton

pedestrian area

修道院

abbaye *f.*

ah-bay-ee

abbey

彩繪玻璃窗

vitraux *pl.*

vee-troh

stained glass

競技場

arène *f.*

ah-rehn

arena

古 (希臘或羅馬) 劇場

théâtre antique *m.*

tay-ah-thr anh-teek

ancient theatre

句型：坐～可以到嗎？

可以（坐）～方式去（那裡）嗎？

Peut-on y aller en ________ ?

puh-tonh ee ah-lay anh

● Can we go there by ～ ?

文法解析 → 「y」為地方代名詞，用來取代已經提過的地點，避免贅述。前往地點所採用的方式以「介係詞＋交通工具」來表達，只有「走路」這一項用的是「à」，其餘都可用「en」。

（坐）巴士

bus *m*

bewhs

bus

（坐）地鐵

métro *m*

may-tro

subway

（搭）火車

train *m*

trenh

train

（搭）飛機

avion *m*

nah-vyonh

air plane

導覽

Visite guidée

導覽分為博物館或古蹟景點裡，伴隨專人解說的參觀模式，或是市區觀光有專業導遊解說的在地行程。一般頗具規模的博物館會固定備有前者，服務櫃臺也會標示出相關資訊，後者則常見於觀光城鎮，由旅遊服務中心或當地旅行社規劃，一般需要預約或於現場報名；無論是哪一種，解說內容通常都以法文和英文為主。

您有提供中文導覽嗎？

Proposez-vous des visites guidées en chinois ?

pro-po-zay -voo day vee-zeet gee-day anh shee-nwa

● Do you have Chinese guided tour?

這需要預約嗎？

Est-il nécessaire de réserver ?

ay-teel nay-say-sehr duh ray-zehr-vay

● Is it necessary to reserve?

我們想報名明天早上的導覽行程。

Nous désirons nous inscrire à la visite de demain matin.

noo day-zee-ronh noo zenhs-khree-hr ah lah vee-zeet duh duh-menh mah-tenh

● We would like to sign up for tomorrow morning's tour.

導覽的時間大約多久？

Combien de temps dure la visite ?

konh-byenh duh tanh dewhr lah vee-zeet

● How long does the tour take?

徒步遊覽

excursion *f.*

ehks-kewhr-syonh

excursion

多媒體語音導覽（機）

guide multimédia *m.*

geed mewl-tee-may-dya

multimedia guide

問路
Demander son chemin

巴黎市內共分為 20 個（行政）區（arrondissement），由最中心的第 1 區開始，像蝸牛殼一般，以順時針方向往外推；再加上塞納河橫越其中劃分出左、右岸，可說非常好記易懂，很容易就可在腦中畫出大概的藍圖。認地圖的時候也可以用此為原則，較不容易迷失方向。

您知道拉丁區怎麼去嗎？

Savez-vous comment aller au quartier latin ?

sah-vay-voo ko-manh tah-lay oh kahr-tee-ay lah-tenh

● Do you know how to get to Latin Quarter?

繼續直走，過橋後就會看到了。

Continuez tout droit, traversez le pont et vous le verrez.

konh-tee-new-ay too dwa trah-vehr-say luh ponh ay voo luh veh-ray

● Straight ahead, cross the bridge and you'll find it.

往凱旋門這個方向對嗎？

Est-ce la bonne direction pour l'Arc de Triomphe ?

ays lah bon dee-rehk-syonh poohr lahrk duh tree-onhf

● Is this the right direction for Arc de Triomphe?

還要走很久嗎？

Faut-il marcher encore longtemps ?

fo-teel mahr-shay anh-kohr lonh-tanh

● Is it still a long way to go?

我迷路了。

Je suis perdu(e).

zhuh swee pehr-dew

● I am lost.

這條叫什麼路？

Comment s'appelle cette rue ?

ko-manh sah-pehl seht rew

● What is the name of this road?

這棟建築物是什麼？

Qu'est-ce que ce bâtiment ?

kehs kuh suh bah-tee-manh

● What is this building?

我現在在哪一區？

Je suis dans quel arrondissement maintenant ?

zhuh swee danh keh lah-ronh-dees-manh menht-nanh

● Which district am I in?

句型：～怎麼去？

您知道 ________ 怎麼去嗎？

Savez-vous comment aller ________ ?

sah-vay-voo komanh tah-lay

● Do you know how to get to ________ ?

文法解析 → 「comment＋動詞原形」是口語上的常見用法，也可單獨當問句使用，加上「aller à」來詢問如何去某處時，介係詞與冠詞必須根據後接名詞之詞性而有所變化。

艾菲爾鐵塔
à la Tour Eiffel *f.*
ah lah toohr ay-fehl
Eiffel Tower

龐畢度藝術中心
au Centre Pompidou *m.*
oh sanh-thr ponh-pee-doo
Pompidou Center

西堤島
à l'Île de la Cité *f.*
ah leel duh lah see-tay
Cité Island

磊阿樂商場
aux Halles *f. pl.*
oh ahl
les Halles

句型：這個～叫什麼？

這個～叫什麼？
Comment s'appelle (ce / cette / cet) ________ ?
ko-manh sah-pehl (suh / seht / seh(t))
● What is the name of ________ ?

文法解析 → 與詢問別人姓名使所用的是同樣的句子，但主詞為第三人稱單數，動詞便跟著變化；另外定冠詞也需視主詞的陰陽性，與是否為母音開頭來作選擇。遇到主詞為母音開頭而選擇「cet」為冠詞時，不要忘記作連音。

大樓
immeuble *m.*
ee-muh-bl
building

摩天樓
gratte-ciel *m.*
graht-syehl
skyscraper

河
rivière *f.*
ree-vyehr
river

橋
pont *m.*
ponh
bridge

城堡
château *m.*
sha-toh
castle

教堂
église *f.*
ayg-leez
church

廣場
place *f.*
plahs
square

花園
jardin *m.*
zhahr-denh
garden

5-6

博物館

Visite des musées

入場費是多少錢？

Combien coûte le billet d'entrée ?

konh-byenh koot luh bee-yeh danh-tray

● How much is the admission fee?

特展參觀費用有包含在內嗎？

Est-ce que le tarif comprend l'expo temporaire ?

ays kuh luh tah-reef konh-pranh lehks-poh tanh-po-rehr

● Does admission include access to temporary exhibitions?

印象派畫作的展室是往這裡嗎？

Est-ce par ici la salle des oeuvres impressionnistes ?

ays pahr ee-see la sahl day zuh-vhr enh-preh-syo-neest

● Is it the direction for the impressionniste room ?

可以用閃光燈拍照嗎？

Peut-on faire des photos avec le flash ?

puh-tonh fehr day fo-toh ah-vehk luh flash

● Can we take photos with flash ?

出口在哪裡？

Où est la sortie ?

oo ay lah sohr-tee

● Where is the exit ?

博物館幾點關門？

À quelle heure ferme le musée ?

ah keh - luhr fehrm luh mew-zay

● What time does the museum close?

觀光遊船
Bateau de croisière

歐洲名城多有河川流經，搭船遍覽河岸風光，也是許多觀光客絕不會錯過的行程，而通稱為蒼蠅船的塞納河遊船，便是巴黎最受歡迎的遊覽方式之一。

我一直都嚮往搭船遊塞納河。

J'ai toujours rêvé de faire une promenade en bateau sur la Seine.

zhay too-zhoohr ray-vay duh fehr ewn pro-muh-nahd uhnh bah-to sewhr lah sehn

● I have always dreamed about cruising along Seine.

在哪裡上船？

Où peut-on embarquer ?

oo puh-tonh anh-bahr-kay

● Where can we board?

航程／旅程會花多久時間？

Combien de temps dure le trajet ?

konh-byenh duh tanh dewhr luh trah-zheh

● How long does the journey take?

常被通稱為蒼蠅船的塞納河遊船，是許多巴黎觀光客絕不會錯過的行程，乘客可以選擇優閒地一覽水上城市風光，或是做為交通工具的水上巴士，為旅途增添另一種樂趣。

遊船：www.bateaux-mouches.fr，www.bateauxparisiens.com。

水上巴士：www.batobus.com。

5-8

訂位售票處

Location

法文「location」（*lo-kah-syonh*）這個字主要有兩個意思，其一指的是租用，其二與「billeterie」（*bee-yeh-tree*）大致相通，指的是預約訂座購票。

基本單字
打開話匣
交通
探索美食
觀光遊覽
購物血拼
住宿
出狀況

是在這裡排隊嗎？

Est-ce ici qu'on fait la queue ?

ays ee-see konh fay lah kuh

● Is it the line?

今天晚上的音樂會還有票嗎？

Reste-il encore des billets pour le concert de ce soir ?

rehs-teel anh-kohr day bee-yay poohr luh konh-sehr duh suh swahr

● Are there still tickets for the concert tonight?

這禮拜新上映的電影有哪些？

Quels sont les films sortis cette semaine ?

kehl sonh lay feelm sohr-teeseht suh-mehn

● What are the new movies released this week?

我可以看一下座位圖嗎？

Puis-je voir le plan de la salle ?

pwee-zhuh vwahr luh planh duh lah sahl

● May I see the seating plan?

我希望可以是更中間一點的座位。

Je préférerais une place plus au milieu.

zhuh pray-fay-ruh-ray ewn plahs plew zoh mee-lyuh

● I would prefer a seat in the middle.

句型：我希望是～的座位

我希望是～的座位。

Je préférerais une place ________ .

zhuh pray-fay-ruh-ray ewn plahs

● I would prefer a seat ～ .

文法解析 → 在此處「préférer」所使用的是條件式（conditionnel），與「J'aimerais～」、「Je voudrais～」相同，在請求別人做某事的同時，口氣上會禮貌和溫和許多。

一樓 / 樂池
d'orchestre *m.*
dor-keh-sthr
in the orchestra

一樓
au parterre *m.*
oh pahr-tehr
in the orchestra

樓層（二樓以上）
de corbeille / galerie *f.*
duh kohr-behy / ahl-ree
in the balcony

二樓
au 1er balcon *m.*
oh pruh-myehr bahl-konh
in the first balcony

最高層
au paradis *m.*
oh pah-rah-dee
in the paradise

包廂
de loge / en balcon *f. m.*
duh lo-zhuh / anh bahl-konh
in the box

補充字彙

衣帽間
vestiaire *m.*
vehs-tyehr
cloakroom

舞台
scène *f.*
sehn
stage

中場休息
entracte *m.*
anh-trahkt
interval

節目單
programme *m.*
pro-grahm
programme

5-9

參觀酒莊

Visite de châteaux et domaines

法國的葡萄酒觀光業雖頗為發達，但參觀酒莊通常都需要事先預約；許多名莊一般並不對外開放，也不針對遊客零售酒款或任何紀念品。

酒莊開放參觀和試飲嗎？

Le domaine / château est-il ouvert pour les visites et dégustations ?

luh do-mehn / sha-toh ay-tee -loo-vehrpoohr lay vee-zeet at day-gews-tah-syonh

● Is your winery open for visit and tasting?

所有參訪都必須事先預約。

Les visites sont uniquement sur rendez-vous.

lay vee-zeet sonh ew-neek-monh sewhr ranh-day - voo

● Reservations are required for all visits.

無論個人還是團體都可免費參觀。

C'est gratuit pour les groupes comme pour les visiteurs individuels.

say grah-twee poohr lay groop kohm poohr lay vee-zee-tuhr enh-dee-vee-dew-ehl

● It's free for both individual visitors and organized groups.

剛剛試飲的這一款酒有老年份嗎？

Avez-vous des vieux millésimes du vin qu'on vient de déguster ?

ah-vay-voo day vee-uh mee-lay-zeem dew venh konh vyenh duh day-gews-tay

● Do you have old vintages of the wine we just tasted?

您有提供國際貨運服務嗎？

Proposez-vous un service de livraison internationale ?

pro-po-zay -voo uhnh sehr-vees duh leev-reh-zonh enh-tehr-nah-syonh-nahl

● Do you offer international shipping service?

基本單字 打開話匣 交通 探索美食 觀光遊覽 購物血拼 住宿 出狀況

補充字彙

葡萄園
vignoble *m.*
vee-nyobl
vineyard

葡萄藤
vigne *f.*
vee-ny
vine

收成
vendage *m.*
vanh-danh-zh
harvest

風土
terroir *m.*
teh-rwahr
terroir

發酵
fermentation *f.*
fehr-manh-tah-syonh
fermentation

釀酒
vinification *f.*
vee-nee-fee-kah-syonh
vinification / winemaking

調配
assemblage *m.*
ah-sanh-blah-zh
blending

酒窖
chai *m.*
sheh
cellar

發酵槽
cuve *f.*
kewv
tank/vat

小型橡木桶
barrique *f.*
bah-reek
barrel / cask

（木桶）培養
élevage *m.*
ay-luh-vah-zh
maturation

裝瓶
mise en bouteille *f.*
mee-zanh-boo-tehy
bottling

第六章

購物血拼

shopping

法國可說是歐洲的購物天堂，除了頂級名牌以外，不論巴黎或外省，處處都有大型商場和特色小店；蜿蜒巷弄裡更暗藏許多驚喜，叫人不想多逗留一天也難！

商店
Boutiques et magasins

「magasin」（*mah-gah-zenh*）這個字可用來泛指一般的商店，其唸法雖然與源自於英文的「magazine」（*mah-gah-zeen*，雜誌）不同，但拼法卻很相近，因此常容易搞混。

今天我們去逛街吧？

Aujourd'hui, on va faire du shopping ?

o-zhoohr-dwee onh vah fehr dew sho-piny

● Let's go shopping today.

您都習慣上哪裡買東西？

D'habitude, où allez-vous faire vos achats ?

dah-bee-tewd oo ah-lay-voo fehr voh zah-shah

● Where do you usually go shopping?

我得去藥局一趟。

Je dois aller à la pharmacie.

zhuh dwa ah-lay ah lah fahr-mah-see

● I should go to the pharmacy.

哪裡可以找到超市？

Où peut-on trouver un supermarché ?

oo puh-tonh troo-vay uhnh sew-per-mahr-shay

● Where can I find a supermarket?

哪裡買得到電池／充電器？

Où peut-on acheter des piles / un chargeur ?

oo puh-tonh ash-tay day peel / uhnh shahr-zhuhr

● Where can I buy batteries / chargers?

市區有購物中心嗎？

Est-ce qu'il y a des centres commerciaux en ville ?

ays kee - ly-ah day sanh-thr konh-mehr-syo anh veel

● Is there any shopping mall in town?

我想買這個品牌的衣服。

J'aimerais acheter les vêtements de cette marque.

zhehm-ray ash-tay lay vet-manh duh set mahrk

● I would like to buy this brand's clothes.

他們在這裡有店面嗎？

Est-ce qu'ils ont une boutique ici ?

ays keel zonh ewn boo-teek ee-see

● Do they have a shop here?

句型：尋找某物－我在找～

我在找～。

Je cherche un / une ________ .

zhuh shehr-sh uhnh / ewn

● I'm looking for a ～ .

文法解析 → 法文裡，各行各業都有其專屬的字彙用語，不過欲描述店的種類時，大多數都可以用「magasin de＋名詞」的方式來取代，請見如下範例。

書店
librairie *f.*
leeb-reh-ree
bookstore

文具店
papeterie *f.*
papt-ree
stationery store

皮件店
maroquinerie *f.*
mah-ro-keen-ree
leather goods shop

香水店
parfumerie *f.*
pahr-fewm-ree
perfumery

食品雜貨店
épicerie *f.*
ay-pees-ree
grocery store

珠寶首飾店
joaillerie *f.* / **bijouterie** *f.*
zho-ay-ree / bee-zhoot-ree
jewelry shop

藝廊
galerie d'art *f.*
gal-ree dahr
art gallery

花店
fleuriste *m.*
fluh-reest
florist

跳蚤市場
marché aux puces *m.*
mahr-shay oh pews
flea market

眼鏡店
lunetterie *f.*
lew-net-ree
eyewear shop

鐘錶店
horlogerie *f.*
hor-lozh-ree
watchmaker's shop

書報攤
kiosque *m.*
kee-osk
newsstand

乾洗店
pressing *m.*
preh-see-ny
dry cleaner

修鞋鋪
cordonnerie *f.*
kor-don-ree
shoe repair shop

香菸鋪
bureau de tabac *m.*
bew-ro duh tah-bah
tabacco shop

句型：我想去～店。

我想去……店。

Je voudrais aller dans un magasin de (d') ________ .

zhuh voo-dray ah-lay danh uhnh mah-gah-zenh duh

● I would like to go to a ～ store / shop.

男裝
vêtements homme
veht-manh om
menswear

女裝
vêtements femme
veht-manh fehm
womenswear

成衣
prêt-à-porter
preh-ta-por-tay
ready to wear

童裝
vêtements enfant
veht-manh anh-fanh
childrenswear

運動用品
d'articles de sport
dahr-teekl duh spohr
sporting goods

配件
d'accessoires
dak-say-swahr
accessory

鞋
chaussures
sho-sewhr
shoe

玩具
jouets
zhoo-ay
toy

紀念品
souvenirs
soo-vuh-neehr
souvenir

家具
meubles
muh-bl
furniture

古董
d'antiquités
danh-tee-kee-tay
antique

舊貨／二手商品
brocante
bro-kanht
second-hand

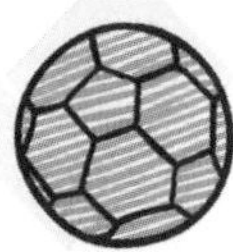

基本單字 打開話匣 交通 探索美食 觀光遊覽 購物血拼 住宿 出狀況

6-2

百貨公司
Grand magasin

法國最具代表性的百貨公司莫過於「老佛爺」(Les Galeries Lafayette)、「春天」(Printemps)和左岸的「LeBonMarché」，通常巴黎的據點規模最大，服務也最為完備。外省的據點有些是位於購物中心(centre commercial)內，與家樂福(Carrefour)、吉安(Géant)等大賣場聚集在同一建築裡，是許多家庭假日消磨時間的好去處。

請問內衣部門在哪裡？

S'il vous plaît, où sont les rayons de lingerie ?

seel voo pleh oo sonh lay ray-yonh duh lenhzh-ree

● Where is the underwear department, please?

家用品是哪一層樓？

Les articles ménagers, c'est à quel étage ?

lay zahr-teekl may-nah-zhay say tah keh lay-tah-zh

● On which floor can I find houseware products?

我們搭電梯直接到三樓吧。

Prenons l'ascenseur pour arriver directement au troisième (étage).

pruh-nonh lah-sanh-suhr poohr ah-ree-vay dee-rekt-manh oh twa-syem (ay-tah-zh)

● Let's take the elevator to the 3rd floor.

廁所在哪裡？

Où sont les toilettes ?

oo sonh lay twa-leht

● Where is the toilet?

6-3

營業時間

Horaires d' ouverture

這個時間還有店開著的嗎？

Y a-t-il encore des magasins ouverts à cette heure-ci ?

yah -teel anh-kohr day mah-gah-zenh oo-vehr ah seh-tuhr-see

● Is there any store still open now?

您營業到幾點？

Jusqu'à quelle heure êtes-vous ouvert ?

zhews-kah keh luhr et -voo zoo-vehr

● How late are you open?

星期天有營業嗎？

Est-ce que vous êtes ouvert le dimanche ?

ehs kuh voo zet zoo-vehr luh dee-manh-sh

● Are you open on Sunday?

我們星期一休息。

Nous sommes fermés le lundi.

noo som fehr-may luh luhnh-dee

● We are closed on Monday.

補充字彙

百貨公司	大賣場	營業中	休息
grand magasin *m.*	**grande surface** *f.*	**ouvert** *adj.*	**fermé** *adj.*
granh mah-gah-zenh	granh sewhr-fahs	oo-vehr	fehr-may
department store	stationery store	open	closed

句型：詢問對方－～在哪裡？

～在哪裡？

Où est / sont le / la / les ________ ?

oo ay / sonh luh/ lah/ lay

● Where is / are the ～ ?

文法解析 → 詢問某個事物在哪裡時，最簡單的方式便是採用「疑問詞＋être現在式變化＋定冠詞＋名詞」這樣的句型。有一點要特別注意的是，法文的「toilette」這個字，必須是複數才有洗手間的意思，因此動詞要選用第三人稱複數的「sont」，定冠詞也得是「les」才行。

手扶梯

l'escalier roulant *m*

lays-kah-ly-ay roo-lanh

escalator

樓梯

l'escalier *m*

lays-kah-ly-ay

stairs

女／男廁

toilettes femmes / hommes

twa-leht fam / om

women's / men's toilet

服務台

l'accueil *m*

lah-kuhy

reception

逃生出口

sortie de secours *f.*

sohr-tee duh suh-koohr

emergency exit

主要入口（正門）

l'entrée principale *f.*

lanh-tray prenh-see-pal

main entrance

句型：對方回答－在～

在 ________ 。
C'est ________ .
say
It's ________ .

您右手邊
à votre droite
ah vo-thr dwat
on your right

您左手邊
à votre gauche
ah vo-thr go-sh
on your left

招牌下面
sous l'enseigne
soo lanh-seh-ny
under the sign

(在)一樓
au rez-de-chaussée
oh ray-duh-sho-say
on the ground floor

電梯對面
en face de l'ascenseur
anh fahs duh lah-sanh-suhr
facing the elevator

電梯前面
devant l'ascenseur
duh-vanh lah-sanh-suhr
in front of the elevator

電梯後面
derrière l'ascenseur
deh-ryehr lah-sanh-suhr
behind the elevator

走道中央
au milieu du couloir
oh mee-lyuh dew koo-lwahr
in the middle of the corridor

走道盡頭
au fond du couloir
oh fonh dew koo-lwahr
at the end of the corridor

精品店
Boutique de luxe

這是什麼材質？

Quelle est la matière ?

keh-lay lah mah-tyehr

● What kind of the material is it?

這是小羊皮 (製成的)。

C'est en cuir d'agneau.

say tanh kwee-hr da-nyo

● It's made of lambskin leather.

這是限量一百只並編有序號的腕錶。

Cette montre est en série limitée et numérotée à cent exemplaires.

seht monh-thr ay tanh say-ree lee-mee-tayay new-may-ro-tay ah sanh teg-zanh-plehr

● It's a one hundred limited edition item with serial number.

這個包是哪裡製造的？

Où est fabriqué ce sac ?

oo ay fah-bree-kay suh sahk

● Where is the bag made?

6-5

名牌
Grandes marques

許多人鍾愛法國名牌，到巴黎必定要去朝聖一番，然而國人慣用的簡稱和翻譯，在當地可不一定行得通，以下特別介紹幾個常見高級品牌的念法，下次就不會再念錯囉！

路易威登（LV）
Louis Vuitton
loo-ee vwe-tonh

愛馬仕
Hermès
ehr-mehs

卡地亞
Cartier
kahr-tyay

香奈兒
Chanel
sha-nehl

迪奧（CD）
Christian Dior
khrees-tyanh dee-ohr

紀梵希
Givenchy
zhee-vanh-shee

聖羅蘭（YSL）
(Yves) Saint Laurent
(eev) sehnh lo-ranh

萬寶龍
Montblanc
monh-blanh

Céline
Céline
say-leen

Chloé
Chloé
kloh-ay

Longchamp
Longchamp
lonh-shanh

Agnès b.
Agnès b.
ah-nyehs bay

• 編註：未標出中文名稱的品牌，經官方網站查無中文。

精品珠寶相關字彙

機芯
calibre *m.*
kah-lee-bhr
mouvement

機械錶
montre mécanique *f.*
monh-tr may-ka-neek
mechanical watch

自動（上鏈）
automatique *adj.*
o-to-mah-teek
self-winding / automatic

手動（上鏈）
manuelle *adj.*
ma-new-ehl
hand-winding

保證書
garantie *f.*
gah-ranh-tee
warranty

石英錶
montre à quartz *f.*
monh - tra kwahr-ts
quartz watch

防水性
étanchéité *f.*
ay-tanh-shay-ee-tay
waterproof

精鋼
acier *m.*
ah-syay
steel

錶帶 / 手鍊
bracelet *m.*
brah-suh-leh
wristband / bracelet

皮革
cuir *m.*
kweehr
leather

麂皮
daim *m.*
denh
suede

漆皮
cuir verni *m.*
kweehr vehr-nee
patent leather

絲綢
soie *f.*
swa
silk

絲絨
velours *m.*
vuh-loohr
velvet

皮草
fourrure *f.*
foo-rewhr
fur

鴕鳥
autruche *f.*
o-trew-sh
ostrich

側背包
sac en bandoulière *m.*
sah kanh banh-doo-lyehr
shoulder bag

手挽包
sac à main *m.*
sah kah menh
handbag

皮夾
portefeuille *m.*
pohrt-fuhy
wallet

女用皮夾 / 錢包
porte-monnaie *m.*
pohrt -mo-neh
purse

耳環
boucles d'oreille *f. pl.*
bookl doh-rehy
earrings

墜子
pendentif *m.*
panh-danh-teef
pendant

項鍊
collier *m.*
ko-lee-ay
necklance

戒指
bague *f.*
bahg
ring

純金
or fin *m.*
ohr fenh
pur gold

純銀
argent fin *m.*
ar-zhanh fenh
sterling silver

白金 / 玫瑰金
or blanc / rose *m.*
ohr blanh / roz
white / rose gold

白金（鉑）
platine *m.*
plah-teen
platinum

（貴）寶石
pierres précieuses *f. pl.*
pyehr pray-syuhz
precious stones

半寶石
pierres fines *f. pl.*
pyehr feen
semi-precious stones

鑽石
diamant *m.*
dya-manh
diamond

合成寶石
pierres synthétiques *f. pl.*
pyehr senh-tay-teek
synthetic stones

人造寶石
pierres artificielles *f. pl.*
pyehr ar-tee-fee-syel
artificial stones

紅寶石
rubis *m.*
rew-bee
ruby

祖母綠
émeraude *f.*
aym-rohd
emerald

藍寶石
saphir *m.*
sah-peehr
sapphire

與店員互動
Dialogue avec les vendeurs

需要幫忙嗎？

Je peux vous aider ?

zhuh puh voo zay-day

● May I help you?

您在找什麼嗎？

Vous cherchez quelque chose ?

voo sher-shay kehl-kuh shoz

● Are you looking for something?

不用，謝謝。我只是看看。

Non, merci. Je regarde simplement.

nonh mehr-see zhuh ruh-gahrd senh-pl-manh

● No, thanks. I'm just looking.

好的，那麼就讓您慢慢看。

D'accord, je vous laisse regarder.

dah-kohr zhuh voo lehs ruh-gahr-day

● Okay, take your time.

我先繞一圈。

Je vais d'abord faire un tour.

zhuh vay dah-bohr fehr uhnh toohr

● I'll look around first.

等一會我也許會需要您的幫忙。

J'aurai peut-être besoin de votre aide plus tard.

zho-ray puh -tetr buh-zwanh duh voh - tred plew tahr

● I might need your help later.

這裡有人會說中文或英文嗎？

Quelqu'un parle chinois ou anglais ici?

kehl - kuhnh pahrl shee-nwa oo anhg-lay ee-see

● Does anyone speak Chinese or English here?

句型：詢問店員－我需要～

我需要 ________ 。

J'ai besoin de / d' ________ .

zhay buh-zwanh duh /

● I need ________ .

文法解析 → 「avoir besoin de ～」是用來表達需要某事物的片語，後面可以接人稱，也可以直接接名詞、動詞原形等等，相當簡單、實用。

您 / 你們

vous

voo

you

資訊

renseignements *m. pl.*

ranh-seh-ny-manh

some informations

您的意見

votre avis *m.*

voh-tr ah-vee

your opinion

建議 / 忠告

conseils *m.*

konh-sehy

some advices

（有人）幫我一下

d'un coup de main

duhnh koo duh menh

someone to give me a hand

基本單字

打開話匣

交通

探索美食

觀光遊覽

購物血拼

住宿

出狀況

句型：詢問店員－哪一個比較～？

（某兩個人或兩樣事物）哪一個比較 ________ ?

Lequel / Laquelle est le / la plus ________ ?

luh-kehl / lah-kehl ay luh / lah plew

Which one is (more) ________ ?

文法解析 → 此句屬於簡單的比較句型，大多數形容詞前面加上定冠詞和「plus」(更加)都可以這樣套用。記得形容詞和定冠詞仍須視所指事物的陰陽性來選用。

快
rapide
rah-peed
faster

有效
efficace
ay-fee-kahs
effective

實用
pratique
prah-teek
practical

美
beau *m.* / **belle** *f.*
bo / bel
beautiful

大 / 高
grand *m.* / **grande** *f.*
granh / granhd
bigger/ taller

長
long *m.* / **longue** *f.*
lonh / lonhg
longer

貴
cher *m.* / **chère** *f.*
sher / sher
expensive

有利 / 划算
avantageux *m.* / **avantageuse** *f.*
ah-vanh-tah-zhuh / ah-vanh-tah-zhuhz
attractive

性能佳
performant *m.* / **performante** *f.*
pehr-fo-manh / pehr-fo-manht
high-performance

註：由於法文的「好」（bon）這個形容詞，其比較級為不規則「meilleur / meilleure」（陰性字尾多一個「e」，兩者都唸 *meh-yuhr*），故要問哪一個比較好，應說「Lequel est le meilleur」或「Laquelle est la meilleure」。

絲芙蘭
Sephora

純正法國血統的Sephora，據點遍布歐洲、北美洲與中國，是LVMH集團旗下的高級連鎖美妝店，採全面開架式與專業諮詢、貼心服務同時並進的經營方式，並以時尚冷調的前衛裝潢，身著黑衣、黑手套的服務人員，及不絕於耳的techno樂聲，多年來在美妝零售界打造出獨特的精品形象。尤其是香榭大道上的巨型旗艦店，門口總是有高大威猛的警衛人員站崗，讓人光是參觀，也覺得不虛此行。

我想要一款味道清淡的香水。
J'aimerais un parfum léger.
zhem-ray uhnh pahr-fuhnh lay-zhay
● I would like a light perfume.

這兩樣產品哪一個賣得比較好？
Lequel de ces deux produits se vend le mieux ?
luh-kehl duh say duh pro-dwee suh vanh luh myuh
● Which of the two products sells better?

你們獨家販售的品牌是哪些？
Quelles sont vos marques exclusives ?
kehl sonh voh mahrk zeks-klew-zeev
● What are your exclusive brands?

我是敏感性 / 油性 / 乾性肌膚。
J'ai la peau sensible / grasse / sèche.
zhay lah poh sanh-see-bl / grahs / seh-sh
● I have sensitive / oily / dry skin.

我在找防曬噴霧。
Je suis à la recherche d'un écran solaire en vaporisateur.
zhuh swee ah lah ruh-sher-sh duhnh nay-kranh so-lehr anh vah-po-ree-za-tuhr
● I'm looking for a sun care spray.

可以為我說明怎麼使用嗎？

Pouvez-vous m'expliquer comment l'appliquer ?

poo-vay -voo meks-plee-kay koh-manh lah-plee-kay

● Could you explain how to use it to me ?

您有適合亞洲人的顏色嗎？

Avez-vous des couleurs pour les asiatiques ?

ah-vay-voo day koo-luhr poohr lay zah-sya-teek

● Do you have color for Asian skin?

可以幫我做禮品包嗎

Pouvez-vous me faire un paquet cadeau ?

poo-vay -voo muh fehr uhnh pah-keh kah-do

● Could you gift wrap it?

我可以要一些試用品嗎？

Puis-je avoir des échantillons ?

pwee-zhuh ah-vwahr day ay-shanh-tee-yonh

● May I have some samples?

句型：尋找某物 I －在找一款～

我在找一款……。

Je suis à la recherche d'un / d'une ______ .

zhuh swee ah lah ruh-sher-sh d'uhnh / d'ewn

● I'm looking for a ______ .

文法解析 → 尋找某樣東西除了用「chercher」這個動詞以外，還可以用「être à la recherche de …」來表達。順道一提，普魯斯特的小說「追憶逝水年華」，法文原名就是「À la recherche du temps perdu」。

臉部保養（品）
soin du visage *m.*
swanh dew vee-zah-zh
skincare (product)

護唇膏
baume à lèvres *m.*
bohm ah leh-vhr
lip balm

面膜
masque *m.*
mahsk
mask

精華液
sérum *m.*
say-rom
serum

日霜
crème de jour *f.*
krehm duh zhoohr
day cream

晚霜
crème de nuit *f.*
krehm duh nwee
night cream

化妝水
tonique / lotion *m. f.*
to-neek / lo-syonh
lotion

乳液
fluide / émulsion *m. f.*
flweed / ay-mewl-syonh
milk

眼霜
crème contour des yeux *f.*
krehm konh-toohr day zuh
eye cream

去角質
gommage / exfoliant *m.*
go-mah-zh / eks-fo-lyanh
peeling

卸妝乳
lait démaquillant *m.*
lay day-mah-kee-yanh
cleansing milk

洗面霜
crème nettoyante *f.*
krehm nay-twa-yanht
washing foam

句型：尋找某物 II －找～產品

我在找……產品。

Je cherche un produit ________ .

zhuh sher-sh   uhnh pro-dwee

● I'm looking for a _______ product.

抗老
anti-âge
anh-tee-ah-zh
anti-aging

抗皺
anti-rides
anh-tee-reed
anti-wrinkle

淡斑
anti-taches
anh-tee-tash
anti-spot

淡化黑眼圈
anti-cernes
anh-tee-sehrn
anti-dark circles

保濕
hydratant
ee-drah-tanh
hydrating

控油
matifiant
mah-tee-fy-anh
matifying

淨化
purifiant
pew-hree-fy-anh
purifying

美白
éclaircissant
ay-klehr-see-sanh
brightening

舒緩
apaisant
ah-pay-zanh
soothing

修護
réparateur
ray-pah-rah-tuhr
repair

平滑
lissant
lee-sanh
smoothing

緊實
raffermissant
rah-fehr-mee-sanh
refirming

常見彩妝保養品字彙

身體保養
soin du corps *m.*
swanh dew kohr
bodycare

沐浴膠
gel douche *m.*
zhel doo-sh
shower gel

浴鹽 / 浴球
sels / perles de bain *m. f.*
sehl / pehrl duh benh
bath salt / beads

身體乳
lait corporel *m.*
lay kohr-po-rehl
body lotion

頸胸霜
crème cou et décolleté *f.*
krehm koo ay day-kol-tay
neck cream

抗橘皮組織
anti-cellulite / capiton
anh-tee-say-lew-leet / ka-pee-tonh
anti-cellulite

緊緻
fermeté *f.*
fehr-muh-tay
firmness

瘦身
minceur *adj.*
menh-suhr
slimming

妊娠紋
vergetures *f. pl.*
vehr-zhuh-tewhr
stretch marks

滋養
nourrissant *adj.*
noo-ree-sanh
nourishing

制汗
anti-transpirant *adj.*
anh-tee-tranhs-pee-ranh
anti-perspirant

防曬
protection solaire *f.*
pro-tehk-syonh soh-lehr
sun protection

彩妝
maquillage *m.*
mah-kee-ya-zh
makeup

妝前 / 隔離霜
base *f.*
bahz
base

遮瑕膏
correcteur *m.*
koh-rek-tuhr
concealer

蜜粉
poudre libre *f.*
poo-dhr lee-bhr
loose powder

粉底
fond de teint *m.*
fonh duh tenh
foundation

粉餅
poudre compacte *f.*
poo-dhr konh-pakt
compact powder

眉筆 **crayon à sourcils** *m.* kray-yonh ah soohr-seel eyebrow pencil	眼影 **ombre à paupières** *f.* onh-bhr ah po-pyehr eye shadow	眼線筆 **crayon pour les yeux** *m.* kray-yonh poohr lay zuh eye pencil
睫毛膏 **mascara** *m.* mahs-kah-rah mascara	濃密 **volume** *m.* voh-lewm volume	纖長 **allongeant** *adj.* ah-lonh-zhanh lengthening
假睫毛 **faux cils** *m. pl.* foh seel eyelashes	珠光 **nacré** *adj.* nah-kray pearly	打亮（粉或霜） **enlumineur** *m.* anh-lew-mee-nuhr brightener
腮紅 **fard à joues** *m.* fahr ah zhoo blush	口紅 **rouge à lèvres** *m.* roo-zh ah leh-vhr lipstick	彩妝盤 / 組合 **palette / coffret** *m. f.* pah-leht / ko-freh palette
粉撲 **houppe** *f.* oop powder-puff	刷具 **pinceau** *m.* penh-soh brush	去光水 **dissolvant** *m.* dee-sol-vanh remover

6-8

請店員協助
Demande d'assistance

我想看一下櫥窗裡的那一件洋裝。

Je voudrais voir la robe en vitrine.

zhuh voo-dray vwahr lah rob anh vee-treen

● I would like to take a look at the dress in the window.

可以給我看看這一季的新款嗎？

Pouvez-vous me montrer les nouveautés de la saison ?

poo-vay -voo muh monh-tray lay lay noo-vo-tay duh lah say-zonh

● Could you show me the new items of the season?

有沒有可以搭配的裙子？

Avez-vous des jupes qui vont avec?

ah-vay-voo day jewp kee vonh ah-vehk

● Do you have skirts to go with it?

句型：詢問店員－可以看看～嗎？

可以給我看看櫥窗裡的 ________ 嗎？

Pouvez-vous me montrer le / la ________ en vitrine?

poo-vay - voo muh monh-tray luh / lah anh vee-treen

● Could you show me the ________ in the window?

文法解析 → 在法文中，「vouloir」（想要）、「pouvoir」（能夠）與「devoir」（應該）屬情態動詞，可視為助動詞使用，後面直接接原形動詞。「給某人看某物的」說法的基本結構為「montrer＋某物＋à＋某人」，而在這種情形下，受詞代名詞「me」是作為第二個動詞「montrer」的補語，故應置於該動詞之前。

細肩帶或無袖背心 **débardeur** *m.* day-bahr-duhr tank top	上衣 **top / haut** *m.* top / oh top	T 恤 **tee-shirt** *m.* tee-sheehrt T-shirt	襯衫 **chemise** *f.* shuh-meez shirt
背心 / 針織外套 **gilet** *m.* zhee-leh vest / cardigan	毛衣 **pull(-over)** *m.* pewl / pew-lo-vehr sweater	運動 / 休閒夾克 **blouson** *m.* bloo-zon jacket	西裝上衣 / 夾克 **veste** *f.* vehst jacket
大衣 / 外套 **manteau** *m.* manh-toh overcoat	長褲 **pantalon** *m.* panh-tah-lonh pants	百慕達（五分）褲 **bermuda** *m.* behr-mew-dah Bermuda shorts	牛仔褲 **jean** *m.* zheen jeans
泳裝 **maillot de bain** *m.* mah-yoh duh benh swimsuit	男士西裝 **complet / costume** *m.* konh-pleh / kos-tewm suit	女襯衫 **chemisier** *m.* shuh-mee-zee-ay blouse	女士套裝 **tailleur** *m.* tah-yuhr lady's suit
長版上衣 **tunique** *f.* tew-neek tunic	短版罩衫 **boléro** *f.* bo-lay-ro bolero	晚（宴）裝 **robe du soir** *f.* rob dew swahr evening gown	洋裝 / 連身裙 **robe** *f.* rob dress

6-9

顏色
Couleurs et nuances

這還有其他別的顏色嗎？

L'avez-vous en d'autres couleurs?

lah-vay -voo anh do-thr koo-luhr

● Do you have it in other colors?

我喜歡土耳其藍的那件。

J'aime celle en bleu turquoise.

zhem sel anh bluh tewr-kwaz

● I like the turquoise blue one.

有沒有亮一點的顏色？

Avez-vous une couleur plus brillante ?

ah-vay-voo ewn koo-luhr plew bree-yanht

● Do you have a brighter color?

這個顏色有點太暗了。

Cette couleur est un peu trop sombre.

seht koo-luhr ay uhnh puh troh sonh-bhr

● This color is a little too dark.

基本單字 打開話匣 交通 探索美食 觀光遊覽 購物血拼 住宿 出狀況

句型：詢問顏色－有沒有～色？

這有沒有 ________ 色的？

L'avez-vous en ________ ?

lah-vay - voo anh

● Do you have it in ________ ?

文法解析 → 本句中採用了直接受詞代名詞「le / la」，來取代之前已經提過的物品，並置於動詞之前。由於動詞「avoir」是母音開頭，故縮寫為「l'avez」；加上疑問句主動詞倒裝的緣故，因此被置於句首。要表達某物是什麼顏色，可在該名詞之後加上「en」這個介詞再接上顏色，或也可直接將顏色作為形容詞使用。

紅 **rouge** roo-zh red	粉紅 / 玫瑰 **rose** roz pink	黃 **jaune** zhon yellow	橙 **orange** oh-ranh-zh orange
藍 **bleu** bluh blue	天空藍 **bleu ciel** bluh syel sky blue	海軍藍 **bleu marine** bluh mah-reen navy blue	綠 **vert** vehr green
紫 **violet / mauve** vyo-leh / moh-v purple	軍綠 **vert militaire** vehr mee-lee-tehr military green	卡其 **kaki** kah-kee khaki	褐 / 棕 **brun** bruhnh brown
米 **beige** beh-zh beige	灰 **gris** ghree gray	黑 **noir** nwahr black	白 **blanc** blanh white

註：若想說某個顏色的深淺，可以在後面加上「foncé」(*fonh-say*，深）或「clair」(*klehr*，淺），比如深紅色為「rouge foncé」(*roo-zh fonh-say*)。作為形容詞時，除了以「e」結尾的字不需改變以外，多數的陰性模式是在字尾加一個「e」。白色比較特別，陰性時應寫作「blanche」(*blanh-sh*)，比如「une fleur blanche」(*ewn fluhr lanh-sh*，一朵白色的花）。

6-10

試穿

Essayer un vêtement

法文中用來表示衣服尺寸的是「taille」（*tah-y*）這個字。歐洲時裝業常見的有好幾套不同系統，加上相同的尺寸因品牌差異也會略有出入，所以最好是能夠試穿，才能找到真正適合自己的尺寸。

「taille」這個字還有「身材」和「腰部」的意思，比如說，形容一個人是「taille moyenne」（*tah-y mwa-yehn*），便表示他是中等身材；而一件「taille basse」（*tah-y bahs*）的長褲，則代表其褲型是屬於低腰設計。

我可以試穿嗎？

Je peux l'essayer ?

zhuh puh lay-say-yay

● May I try it on?

當然可以。請往這邊走。

Bien sûr. C'est par ici.

byenh sewhr say pahr ee-see

● Sure. This way please.

這是幾號？

C'est quelle taille ?

say kehl tah-y

● Which size is that?

這是 M 號。

C'est une taille M.

say tewn tah-y em

● This one is M size.

我想我是穿 36 號。

Je porte du trente-six, je crois.

zhuh pohrt dew tranht -sees zhuh krwa

● My size is 36, I guess.

我可以兩件都試試看嗎？

Puis-je essayer les deux?

pwee-zhuh ay-say-yay lay duh

● May I try them both?

我可以把東西放在哪裡？

Où puis-je poser mes affaires?

oo pwee-zhuh po-say may zah-fehr

● Where can I leave my stuffs?

鏡子在哪裡？

Où est le miroir ?

oo ay luh mee-rwahr

● Where is the mirror?

補充字彙

試衣間

cabine d'essayage *f. pl.*

kah-been day-seh-yah-zh

fitting room

新上市

nouveautés *f. pl.*

noo-vo-tay

new arrival

新系列

nouvelles collections *f. pl.*

noo-vehl ko-lek-zyonh

new collection

試穿感想
Impressions après essayages

如何？尺寸還可以嗎？

Alors? Ça va la taille ?

ah-lohr sah vah lah tah-y

● So, is the size okay?

這很襯您 / 很合身。

Ça vous va parfaitement.

sah voo vah pahr-feht-manh

● It fits you perfectly.

這不太合身。/ 不太適合我。

Ça ne me va pas tellement.

sah nuh muh vah pah tehl-manh

● It doesn't fit me that much.

這有點太緊了。

C'est un peu trop serré.

say tuhnh puh troh seh-ray

● This is a little too tight.

有大一號的嗎？

L'avez-vous dans une taille plus grande ?

lah-vay -voo danh ewn tah-y plew granhd

● Do you have a larger size?

基本單字 打開話匣 交通 探索美食 觀光遊覽 購物血拼 住宿 出狀況

袖子太長了。

Les manches sont trop longues.

lay manh-sh sonh troh lonhg

● The sleeves are too long.

可以修改嗎？

Pouvez-vous faire une retouche ?

poo-vay-voo fehr ewn ruh-toosh

● Can you alter it?

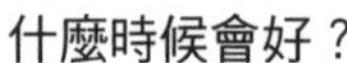

什麼時候會好？

Quand sera-t-il prêt ?

kanh suh-rah-teel preh

● When will it be ready?

補充字彙

短

court / courte *adj.*

koohr / koohrt

short

小

petit / petite *adj.*

puh-tee / puh-teet

small

寬／大（衣服）

large *adj.*

lahr-zh

big

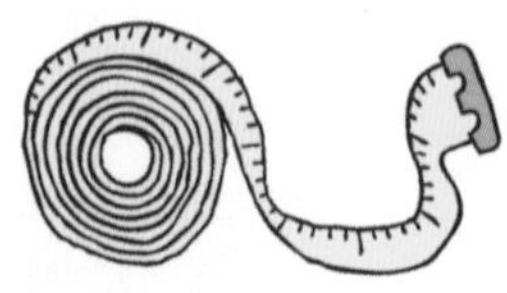

6-12

決定是否購買
Décision et hésitation

基本單字 打開話匣 交通 探索美食 觀光遊覽 購物血拼 住宿 出狀況

我很喜歡這件毛衣。

Ce pull me plaît beaucoup.

suh pewl muh pleh bo-kooh

- I like the sweater very much.

我決定買這一件。

Je vais le / la prendre.

zhuh vay luh / lah pranh-dhr

- I'll take it.

這不是我的風格。

Ce n'est pas mon style.

suh nay pah monh steel

- It's not my style.

謝謝，可我沒有很喜歡。

Merci, mais ça ne me plaît pas tellement.

mehr-see may sah nuh muh pleh pah tehl-manh

- Thank you, but I don't like it very much.

我要考慮一下。

Je vais réfléchir un peu.

zhuh vay ray-play-sheer uhnh puh

- Let me think it over.

鞋碼

Pointure des chaussures

不同於服裝尺寸，鞋子的尺碼應使用「pointure」這個字，而非「taille」。鞋子的尺碼較之服飾更為複雜些，且西方人的腳形與東方人不同，試穿時不妨多多比較、考慮，以找出更適合自己的鞋款。

我想試試那雙紅色踝靴。

J'aimerais essayer la paire de bottines rouges.

zhem-ray ay-say-yay lah pehr duh bo-teen roo-zh

● I would like to try on the pair of red ankle boots.

您穿什麼尺碼？

Quelle est votre pointure ?

kehl lay vothr pwanh-tewhr

● What shoe size do you wear?

我不是很確定。

Je ne suis pas très sûr(e).

zhuh nuh swee pah treh sewhr

● I'm not quite sure about it.

我可以試試不同的尺寸看看嗎？

Puis-je essayer les différentes pointures pour voir ?

pwee-zhuh ay-say-yay lay dee-fay-ranht pwanh-tewhr poohr vwahr

● May I try different sizes?

鞋品配件相關字彙

鞋子
chaussure *f.*
sho-sewhr
shoe

高跟鞋
talon haut *m.*
tah-lonhoh
high heel

全包淺口跟鞋
escarpin *m.*
ehs-kahr-penh
court shoe

楔型跟涼鞋
compensée *f.*
konh-panh-say
wedge

靴子
botte *f.*
bot
boot

帆船鞋 / 豆豆鞋
mocassin *m.*
mo-kah-senh
moccasin

運動鞋 / 布鞋
basket *f.*
bahs-keht
sneaker

芭蕾舞鞋 (平底便鞋)
ballerine *f.*
bahl-reen
ballerina

踝靴
bottine *f.*
bo-teen
ankle boot

木屐 / 木鞋
sabot *m.*
sah-boh
clog

涼鞋
sandale *m.*
sanh-dahl
sandal

夾腳鞋 / 人字拖
tong *f.*
tonhg
thong

領帶
cravate *f.*
kra-vaht
tie

皮帶
ceinture *f.*
senh-tewhr
belt

手套
gants *m.pl.*
ganh
gloves

披巾 / 絲巾
foulard *m.*
foo-lahr
scarf

圍巾
écharpe *f.*
ay-sharp
stole / scarf

帽子
chapeau *m.*
shah-poh
hat

鴨舌帽
casquette *f.*
kahs-keht
cap

太陽眼鏡
lunettes de soleil *f. pl.*
lew-neht duh soh-lehy
sunglasses

雨傘
parapluie *m.*
pah-rah-plwee
umbrella

褲襪
collant *m.*
ko-lanh
pantyhose

襪子
chaussette *f.*
shoh-seht
sock

絲襪 / 中統或長統襪
bas *m.*
bah
stocking

打折出清
Soldes et réductions

法國的兩大換季折扣，大約是在每年六月底到八月，以及聖誕節後到二月初左右。法國當局對折扣促銷的控管，有清楚而明確的規範，平時想買些大品牌，又希望價格能實惠些，可以到庫存店（stock，*stok*）或通常位於市郊的 outlet（或稱 magasin d'usine，*mah-gah-zenh dew-zeen*），挑選過季與剪標商品（dégriffés，*day-gree-fay*）。

這些商品有折扣嗎？

Y a-t-il des soldes sur ces articles?

ya -teel day soh-ld sewhr say zar-teekl

● Do these items have any discount?

打幾折？

De combien est la remise ?

duh konh-byenh ay lah ruh-meez

● What is the discount?

這一款有類似的減價商品嗎？

Avez-vous à peu près la même chose mais en soldes ?

ah-vay-voo ah puh preh lah mem shoz may ahnh sohld

● Do you have similar item at sale price?

講價錢
Marchander sur le prix

可以給我折扣嗎？

Puis-je avoir des réductions ?

pwee-zhuh ah-vwahr day ray-dewk-syonh

● May I have some discount?

我很想要，但太貴了。

J'aimerais bien le prendre mais c'est trop cher.

zhem-ray byenh luh pranh-dhr may say tro shehr

● I would love to take it but it's too expensive.

拜託，可以算便宜一點嗎？

S'il vous plaît, pouvez-vous baisser le prix ?

seel voo pleh poo-vay -voo bay-say luh pree

● Can you make it cheaper, please?

不然就算了。

Sinon, tant pis alors.

see-nonh tanh pee ah-lohr

● Otherwise, forget it then.

結帳
Régler des achats

這樣多少錢？

Ça fait / coûte combien ?

sah fay / koot konh-byen

● How much is it/does it cost?

您要如何付款？

Comment voulez-vous régler?

koh-manh voo-lay -voo rayg-lay

● How would you like to pay?

我付現金，謝謝。

Je paie en espèces / liquide, merci.

zhuh peh anh nays-pehs / lee-keed mehr-see

● I pay by cash, thank you.

您收這張信用卡嗎？

Acceptez-vous cette carte de crédit?

ahk-sep-tay -voo seht kahrt duh kray-dee

● Do you accept this credit card?

補充字彙

抵用券
bon d'achat *m.*
bonh dah-shah
coupon

計算機
calculatrice *f.*
kahl-kew-lah-trees
calculator

零錢 / 找錢
monnaie *f.*
moh-nay
change

鈔票
billet *m.*
bee-yeh
bill

詢問退稅
Remboursement de la TVA

這已經扣除稅額了嗎？

Est-ce que c'est détaxé ?

ehs kuh say day-tahk-say

● Is this tax-free?

您有提供退稅服務嗎？

Proposez-vous le service de détaxe ?

pro-poh-zay -voo luh sehr-vees duh day-tahks

● Do you offer tax-free shopping service?

可以幫我填寫退稅表格嗎？

Pourriez-vous remplir le formulaire de détaxe pour moi ?

poo-hree-ay-voo ranh-pleehr luh fohr-mee-lehr duh day-tahks poohr mwa

● Could you fill out the VAT form for me?

您可以將加值稅直接從應付總額中扣除嗎？

Pouvez-vous déduire la TVA directement du montant à payer ?

poo-vay -voo day-dweehr lah tay-vay-ah dee-rekt-manh dew monh-tanh ah pay-yay

● Can you deduct VAT directly from the total amount?

補充字彙

免稅店

boutique hors taxe *f.*

boo-teek ohr tahks

duty free shop

含稅

TTC (Toute Taxe Comprise)

tay tay say toot tahks konh-preez

ATI (All Taxes Included)

退換貨
Échange ou retour d'articles

這件商品這裡有瑕疵。
Cet article a un défaut ici.
seh tar-teekl ah uhnh day-faoh ee-see
● The item has a defect here.

我想換一個新的 / 別的東西。
Je voudrais l'échanger contre un neuf / quelque chose d'autre.
zhuh voo-dray lay-shanh-zhay konh-thr uhnh nuhf / kehl-kuh shoz do-thr
● I would like to change it for a new one / something else.

發票 / 收據在這裡。
Voici le ticket de caisse / le reçu.
vwa-see luh tee-keh duh kehs / luh ruh-sew
● Here is the receipt.

我想把它退還給您並退費。
Je voudrais vous le rendre et me faire rembourser.
zhuh voo-dray voo luh ranh-dhr ay muh fehr ranh-boohr-say
● I would like to return it for a refund.

補充字彙

不可退換
ni repris ni échangé
nee ruh-preenee neeay-shanh-zhay
neither returned nor exchanged

不滿意包退
satisfait ou remboursé
sah-tees-fay oo ranh-boohr-say
money-back guarantee

紀念品 / 特產店
Boutique de souvenirs et de spécialités

本區的特產是什麼？
Quelle est la spécialité de la région ?
keh -lay lah spay-syah-lee-tay duh lah ray-zhyonh
● What's the specialty of the region?

您有賣郵票嗎？
Avez-vous des timbres ?
ah-vay-voo day tenh-bhr
● Do you have stamps?

可以分開包裝嗎？這是要送人的。
Pouvez-vous les emballer séparément ? C'est pour offrir.
poo-vay -voo lay anh-ba-lay say-pah-ray-manh say poohr ohf-reehr
● These are presents, could you pack them separately?

其他常見用語

特別優惠
offres spéciales *f. pl.*
oh-fhr spay-syal
special offer

暢銷商品
meilleures ventes *f. pl.*
meh-yuhr vanht
best sellers

基本單字 打開話匣 交通 探索美食 觀光遊覽 購物血拼 住宿 出狀況

看懂酒標

01 Grand Cru Classé：1855 年巴黎博覽會時，拿破崙三世為推廣法國葡萄酒，要求波爾多方面編撰了一份頂尖酒莊名單，當中獲選的即為列級酒莊（Grand Cru Classé，*granh khrew klah-say*），他們生產的也就是所謂的級數酒。

02 Château XXX：生產者名稱，除了 Château（*sha-toh*，意為城堡）以外，法國常見代表生產者的用字還有 Domaine XXX、Clos XXX、Mas XXX 等。

03 Saint-Julien：法定產區（Appellation d'Origine Contrôlée / Protégée，簡稱 AOC 或 AOP）名稱。

04 2012：收成年份

常見酒標用語

特級園 | Grand Cru *m.* *(granh khrew)*

在布根地、阿爾薩斯和香檳區，指的是最頂級的葡萄園

一級園 | Premier Cru *m.* *(pruh-myay khrew)*

在布根地和香檳區，是僅次於特級園的葡萄園等級

地區餐酒 | Indication géographique protégée (IGP) *f.* *(enh-dee-kah-syonh gay-o-grah-feek proh-tay-gay)*

前身為 Vin de Pays（*venh duh pay-ee*），較 AOC 次一等級，規範也較寬鬆

日常佐餐酒 | Vin de table *m.* *(venh duh tahbl)*

在法國葡萄酒分級制度中屬於最低等級，但也有不願受產區法規約束的優秀釀酒師，自願降級釀造這類酒款

中級酒莊 | Cru Bourgeois *m.* *(khrew boohr-zhwa)*

字面上的含意為「中產階級」酒莊，是波爾多所特有，歷史悠久的一種分級

酒款 | cuvée *f.* *(kew-vay)*

原指一個酒槽的內容物（亦即酒液），實際上代表著酒莊特別釀製的一種酒款

第七章

住宿

accommodation

除了一般的星級旅館或連鎖飯店，法國當地還有其他更多元的住宿模式。不妨多多嘗試看看，一定會有全然不同的體驗。

預約訂房
Réserver un hôtel

法國有許多小旅館，會提供只附洗手檯而沒有廁所、有廁所無浴室，或是專用衛浴與房間分開的房型。這類房間通常價格較為實惠，如果不介意與別人共用浴廁的話倒是無所謂，否則最好是先確認清楚。

您好，我想預約訂房。

Bonjour, j'aimerais faire une réservation.

bonh-zhoohr zhehm-ray fehr ewn ray-zehr-vah-syonh

● Hello, I would like to make a reservation.

我們 5 月 20 日到，住 3 個晚上。

Nous arriverons le 20 mai et resterons pour 3 nuits.

noo zah-reev-ronh luh venh may ay rehst-ronh poohr trwa nwee

● We will arrive on May 20 and stay for 3 nights.

我們想要間兩張床的禁菸房。

Nous voudrions une chambre non-fumeur à 2 lits.

noo voo-dree-yonh ewn shanh-bhr nonh-few-muhr ah duh lee

● We would like a non-smoking twin room.

今晚還有空房間嗎？

Avez-vous encore des chambres libres pour ce soir ?

ah-vay-voo anh-kohr day shanh-bhr lee-bhr poohr suh swahr

● Do you still have rooms available for tonight?

每晚的價格是多少？

C'est combien par nuit ?

say konh-byenh pahr nwee

● How much is it per night?

有便宜一點的房間嗎？

Avez-vous des chambres moins chères ?

ah-vay-voo day shanh-bhr mwanh shehr

● Do you have a cheaper room?

這是有淋浴設備和廁所的房間嗎？

Est-ce une chambre avec douche et toilettes ?

ays ewn shanh-bhr ah-vek doosh ay twa-leht

● Does the room have private shower and toilet?

補充字彙

客滿

complet *adj.*

konh-pleh

no vacancies

旺季

haute saison *f.*

oht say-zonh

high season

淡季

basse saison *f.*

bahs say-zonh

low season

住宿稅（按人頭與日數計算）

taxe de séjour *f.*

tahks duh say-zhoohr

tourist tax

句型：抵達＋停留時間

我們 ① 到，住 ②

Nous arriverons le ① et resterons pour ② .

noo ah-reev-ronh luh ay rayst-ronnh poohr

● We will arrive on ① and stay for ② .

文法解析 → 一般旅館住宿的費用，是以停留的夜數來計算，因此預約時以到達日期和停留幾個晚上的方式來說明，應是最萬無一失的。本句中使用「et」（*ay*，等同英文的and）來連接兩個動詞（「arriver」和「rester」）的未來式變化，是同一主詞的情況下，簡潔地表達兩個不同動作的基本方法。

① 日期

7 月 1 日
premier juillet
pruh-myay zhew-ee-yeh
July 1st

8 月 31 日
trente-et-un août
tranh-tay-uhnh oot
August 31

9 月 20 日
vingt septembre
venh sep-tanh-bhr
September 20

元旦
jour de l'an *m.*
zhoohr duh lanh
New Year's Day

② 天數

1 晚
une nuit *f.*
ewn nwee
one night

2 晚
deux nuits *f.pl.*
duh nwee
two nights

5 個晚上
cinq nuits *f.pl.*
senhk nwee
five nights

1 星期
une semaine *f.*
ewn suh-mehn
one week

句型：要求房型－我們想要一間～

我們想要一間 ________ 。

On voudrait une ________ .

onh voo-dray ewn

We would like a ～.

文法解析 → 以「on」來代替「nous」的說法，在口語上相當常見，如果要改用「nous」為主詞，則動詞便需跟著變化，是需要注意的一點。

此外，由於雙人房型基本上分為兩種，即一大床和兩小床，屬意後者時可以如左頁例句聲明「要兩張床」，或是直接用英文的「twin」，翻譯成法文就是「jumeaux」（雙胞胎）這個字，在當地兩者都是通用的。

單人房
chambre simple
shanh-bhr senh-pl
single room

三人房
chambre triple
shanh-bhr tree-pl
triple room

套房
suite
sweet
suite

雙人房（通常為一大床）
chambre double
shanh-bhr doo-bl
double room

兩床雙人房
chambre (lits) jumeaux
shanh-bhr (lee) zhew-mo
twin room

含浴室
chambre avec salle de bain
shanh-bhr ah-vek sahl duh benh
room with bathroom

含浴缸
chambre avec baignoire
shanh-bhr ah-vek beh-nwahr
room with bath tub

含洗手檯
chambre avec lavabo
shanh-bhr ah-vek lah-va-bo
room with washbasin

沒有廁所
chambre sans toilettes
shanh-bhr sanh twah-leht
room without WC

7-2

取消和變更
Annulation et modification

抱歉，但我必須取消預約。

Désolé(e), mais je dois annuler ma réservation.

day-zo-lay may zhuh dwa ah-new-lay mah ray-zehr-vah-syonh

● Sorry, but I have to cancel my reservation.

我忘了我的預約代碼。

J'ai oublié mon numéro de réservation.

zhay oo-blee-yay monh new-may-roh duh ray-zehr-vah-syonh

● I forgot my reservation number.

取消手續費是多少？

A combien s'élèvent les frais d'annulation ?

ah konh-byenh say-lehv lay fray dah-new-lah-syonh

● How much is the cancellation fee?

我想更改預約。

J'aimerais modifier ma réservation.

zhehm-ray mo-dee-fyay mah ray-zehr-vah-syonh

● I would like to change my reservation.

我們會晚一天抵達。

On arrivera un jour plus tard.

onh nah-reev-rah uhnh zhoohr plew tahr

● We will arrive one day later.

我不確定抵達的時間。

Je ne suis pas sûr(e) de notre heure d'arrivée.

zhuh nuh swee pah sewhr duh noh - truhr dah-ree-vay

● I'm not sure about our arrival time.

房間可以保留到幾點？

Jusqu'à quelle heure pouvez-vous maintenir la réservation de notre chambre ?

zhews-kah keh - luhr poo-vay-voo menh-tuh-neehr lah ray-sehr-vah-syonh duh nothr shanh-bhr

● Until what time will you keep our room?

登記入住

S'enregistrer à l'hôtel

口語上，在機場報到和到旅館辦入住手續，都可以直接使用英文的「check in」這個詞；如果要用「純」法文表達，則可以用「enregistrer」（*anhr-gees-tray*）或「inscrire」（*enh-skreehr*）這兩個動詞，兩者都有「登記」的意思。

您好，我預約了從今晚開始 3 個晚上的房間。

Bonjour, j'ai réservé une chambre pour 3 nuits à partir de ce soir.

bonh-zhoohr zhay ray-zehr-vay ewn shanh-bhr poohr twa nwee ah pahr-teer duh suh swahr

● Hello, I have reserved one room for 3 nights from tonight.

這是我的護照。

Voici mon passport.

vwa-see monh pahs-pohr

● This is my passport.

請填妥這張住宿表格。

S'il vous plaît, remplissez ce formulaire.

seel voo pleh ranh-plee-say suh fohr-mew-lehr

● Please fill out this form.

下午 3 點以後可以入住。

Vous pouvez aller vous y installer à partir de 15 heures.

voo poo-vay ah-lay voo zee enhs-tah-lay ah par-teehr duh kenh-zuhr

● The room will be ready at 3 p.m.

沒有現在就可以使用的房間嗎？

N'auriez-vous pas une chambre prête tout de suite ?

noh-ree-yay-voo pah ewn shan-bhr preht too duh sweet

● Don't you have any room ready now?

在那之前可以替我們保管行李嗎？

Pouvez-vous garder nos bagages jusque-là ?

poo-vay -voo gahr-day noh bah-gah-zh zhews-kuh-lah

● Can you keep our baggage until then?

7-4

附贈早餐

Petit-déjeuner offert

住宿費用是否含早餐因旅館而異，一般預約時都有清楚說明。飯店早餐可分為自助式和大陸式兩種，有些供應大陸式早餐的小旅館，會讓客人選擇在房間享用，或是自己到餐廳取用；若選擇前者的話，前一天得先跟櫃臺預約好送餐時間。

早餐幾點供應？

À quelle heure servez-vous le petit-déjeuner ?

ah keh - luhr sehr-vay - voo luh puh-teeday-zhuh-nay

● At what time is breakfast served?

您要在房裡用餐還是到餐廳？

Vous le prendrez dans la chambre ou en salle ?

voo luh pranh-dray danh lah shanh-bhr oo anh sahl

● Do you like to have it in the room or in the restaurant?

早餐是自助式嗎？

Est-ce un petit-déjeuner buffet ?

ays uhnh puh-tee-day-zhuh-nay bew-feh

● Is it an all-you-can-eat buffet?

7-5

房間

Choisir une chambre

我可以看房間嗎？
Pouvez-vous me montrer la chambre ?
poo-vay -voo muh monh-tray lah shanh-bhr
● Can you show me the room?

這不是我們當初預約的房型。
Ce n'est pas le type de chambre que nous avons réservé.
suh nay pah luh teep duh shanh-bhr kuh noo zah-vonh ray-zehr-vay
● This is not the kind of room we have reserved.

可以多加一張床嗎？
Peut-on avoir un lit supplémentaire ?
puh-tonh ah-vwahr uhnh lee sew-play-manh-tehr
● Could we have an extra bed?

靠街道的房間太吵了。
La chambre côté rue est trop bruyante.
lah shanh-bhr ko-tay rew ay troh brew-ee-yanht
● The city side room is too noisy.

我們可以換房間嗎？
Pouvons-nous changer pour une autre chambre ?
poo-vanh -noo shanh-zhay poohr ewn oh-thr shanh-bhr
● Can we change to another room?

有大一點的房間嗎？
Avez-vous une chambre plus grande ?
ah-vay-voo ewn shanh-bhr plew granhd
● Do you have a bigger room?

有面朝花園的房間嗎？
Avez-vous une chambre donnant sur le jardin ?
ah-vay-voo ewn shanh-bhr do-nanh sewhr luh zhahr-denh
● Do you have a room with garden view?

句型：詢問房型 I－有～的房間嗎？

有 ________ 的房間嗎？

Avez-vous une chambre ________ ?

ah-vay-voo ewn shanh-bhr

● Do you have a ________ room / room ________ ?

文法解析 → 欲描述房間有怎樣的景致可以用「avec（同英文之with）vue sur ～」或「donnant sur ～」；其中「donnant」為「donner」這個動詞的現在分詞(participe présent)形式，其變化方式為原型去「er」加上「ant」。這種 時態在需要縮短長句、簡化句型結構時，有一定的妙用。

景觀（俯瞰或遠眺全景）
panoramique *adj*
pah-no-rah-meek
panoramic

有獨立陽台
avec un balcon privatif
ah-vek uhnh bahl-konh pree-vah-teef
with independent balcony

靠市區 / 市景
côté ville
ko-tay veel
city side

有露台
avec une terrasse
ah-vek ewn tay-rahs
with terrace

靠中庭 / 庭院
côté cour
ko-tay koohr
backyard

靠山區 / 山景
côté montagne
ko-tay monh-ta-ny
mountain side

句型：詢問房型 II－有面朝 / 有～景的房間嗎？

有面朝 / 有～景的房間嗎？

Avez-vous une chambre donnant / avec vue ________ ?

ah-vay-voo ewn shanh-bhr donh-nanh / ah-vek vew

● Do you have a room with ________ ?

山谷
sur la vallée
sewhr lah vah-lay
valley view

湖泊
sur le lac
sewhr luh lahk
lake view

海景
sur la mer
sewhr lah mehr
sea view

海灘
sur la plage
sewhr lah plah-zh
beach view

廣場
sur la place
sewhr lah plahs
square view

游泳池
sur la piscine
sewhr lah pee-seen
pool view

設備
Services et équipements

停車場是付費還是免費的？

Le parking est-il payant ou gratuit ?

luh pahr-keen ay-teel pay-yanh oo grah-twee

● Is it a free parking?

您提供哪一種網路連接服務？

Quel type de service d'accès internet proposez-vous ?

kehl teep duh sehr-vees dak-seh enh-tehr-neht pro-po-zay -voo

● What kind of internet access service do you provide?

可以從房間裡上網嗎？

Peut-on se connecter à internet dans la chambre ?

puh-tonh suh ko-nehk-tay ah enh-tehr-neht danh lah shanh-bhr

● Can I connect to the Internet from my room?

房裡有直撥電話嗎？

Y a-t-il un téléphone direct dans la chambre ?

ya -teel uhnh tay-lay-fon dee-rehkt danh lah shanh-bhr

● Is there a direct-dial phone in the room?

商務中心在幾樓？

À quel étage se trouve l'espace d'affaires ?

ah keh-lay -tah-zh suh troov lehs-pahs dah-fehr

● On which floor is the business center located?

貴重物品可以寄放在哪裡？

Où puis-je déposer mes objets de valeur ?

oo pwee-zhuh day-po-zay may zob-zheh duh vah-luhr

● Where could I store my valuables?

客房服務
Service en chambre

麻煩您，我想要些冰塊。

J'aimerais des glaçons, s'il vous plaît.
zhem-ray day glah-sonh seel voo
● I would like some ice cubes, please.

有轉接頭 / 變壓器嗎？

Avez-vous un adaptateur / transformateur électrique ?
ah-vay-voo uhnh nah-dap-tah-tuhr / tranhs-fohr-mah-tuhr ay-lehk-treek
● Do you have an adapter / transformer?

請明天早上八點叫醒我。

Veuillez me réveiller demain matin à 8 heures.
vuh-yay muh ray-vay-yay duh-menh mah-tenh ah wee-tuhr
● Please wake me up at 8 tomorrow morning.

句型：旅館是否配備～？

您的旅館是否備有 ________ ?

Votre hôtel est-il disposé d'un / d'une / des ________ ?

voh-troh-tehl ay-teel dees-poh-zay duhnh / dewn / day

Has your hotel got ________ ?

無線網絡

réseau sans fil *m.*

ray-zo sanh feel

wifi

私有車庫

garage privé *m.*

gah-rah-zh pree-vay

private garage

會議室

salle de réunion *f.*

sahl duh ray-ew-nyonh

meeting room

警衛停車場

parking surveillé *m.*

pahr-keen sewhr-vay-yay

guarded parking

健身房

salle de fitness *f.*

sahl duh feet-nehs

fitness center

無障礙設施

aménagements pour handicapés *m. pl.*

ah-may-nah-zh-manh poohr anh-dee-kah-pay

facilities for disabled people

句型：客房是否配備～？

客房是否配備 ________ ?

La chambre est-elle équipée d'un / d'une ________ ?

lah shanh-bhr ay-tehl ay-kee-pay duhnh / dewn

● Has the room got ________ ?

有線 / 衛星電視

TV câble / satellite *f.*

tay-vay kahbl / sah-tay-leet

cable / satellite TV

空調

climatisation *f.*

klee-mah-tee-zah-syonh

air-conditioner

網路插座

prise internet *f.*

preez enh-tehr-neht

Internet plug

卡片鎖

serrure à carte *f.*

say-rewhr ah kahrt

key card lock

收音機鬧鐘

radio-réveil *m.*

rah-dee-oh-ray-vehy

radio alarm clock

保險箱

coffre-fort *m.*

koh-fruh-fohr

safe

吹風機

sèche-cheveux *m.*

seh-sh -shuh-vuh

hair-drier

隔音玻璃

double vitrage *m.*

doo-bl vee-tra-zh

insulating glass

7-8

接待櫃臺

Accueil et réception

純正法國血統的Sephora，據點遍布歐洲、北美洲與中國，是LVMH集團旗下的「accueil」（*ah-kuhy*）這個字本身帶有接待、迎接、招待的意思，其用途相當廣泛，一般的諮詢櫃臺、總服務處都可以叫做「accueil」，甚至每個網站的首頁，其法文名稱就是「page d'accueil」，或乾脆一點就直接簡化成「accueil」。此外，飯店的前台也可以使用與英文相同的réception（*ray-sehp-syonh*）這個字，一樣是相通的。

我想要一張飯店名片。

Je voudrais une carte de visite de l'hôtel.

zhuh voo-dray ewn kahrt duh vee-zeet duh loh-tehl

● I would like a name card of hotel.

您有收到要給我的留言嗎？

Avez-vous reçu des messages pour moi ?

ah-vay-voo ruh-sew day may-sah-zh poohr mwa

● Have you got any messages for me?

我把鑰匙搞丟了。

J'ai perdu la clef.

zhay pehr-dew lah klay

● I lost my key.

我把鑰匙忘在房間裡了。

J'ai oublié la clef dans la chambre.

zhay oo-blee-yay lah klay danh lah shanh-bhr

● I forgot my key in the room.

您有這一區的地圖嗎？

Avez-vous un plan de quartier ?

ah-vay-voo uhnh planh duh kahr-tyay

● Do you have a map of the neighborhood?

最近的地鐵站是哪一站？

Quelle est la station de métro la plus proche ?

keh lay lah stah-syonh duh may-tro lah plew pro-sh

● Which metro station is closest to the hotel?

這附近有網咖／超市嗎？

Y a-t-il un cybercafé / supermarché dans le quartier ?

ya-teel uhnh sy-behr-kah-fay / sew-pehr-mahr-shay danh luh kahr-tyay

● Is there an Internet café / a supermarket nearby?

其他類型住宿

古堡飯店 | château-hôtel *m.* *(shah-toh-oh-tehl)*

古堡翻修成的豪華酒店，有時住房價格會較巴黎的飯店優惠。

青年旅館 | auberge de jeunesse *m.* *(oh-behr-zh duh zhuh-nehs)*

價格低廉，不過衛浴設備大多為共用，有些需要青年旅館卡方能入住。

民宿 | chambre d'hôtes *f.* *(shanh-bhr doht)*

有點像英國的 B&B，由當地居民於自家經營。

度假屋 | gîte rural *m.* *(zheet rew-rahl)*

位於鄉間、山上或海邊，可自炊的小屋或民宅，適合全家出遊時短租。

句型：您有收到……嗎？

您有收到 / 接到要給 / 找我的 ________ 嗎？

Avez-vous reçu des ________ pour moi ?

ah-vay-voo ruh-sew day poohr mwa

Have you got any ________ for me?

文法解析 → 本句為將助動詞「avoir」的現在式變化與主詞倒裝，所形成的複合過去式問句，「reçu」是動詞「recevoir」的過去分詞，其所代表的是「收到、接收」等意思；而「reçu」這個字若作為名詞使用，則有「收據」的意思。

傳真

fax *m.* / **télécopies** *f. pl.*

fahks / tay-lay-koh-pee

faxes

電話

coups de téléphone *m. pl.*

koo duh tay-lay-fohn

phone calls

郵件 / 信件

courriers *m.* / **lettres** *f. pl.*

kooh-ree-yay / lethr

mail / letters

包裹

colis *m. pl.*

koh-lee

packets

句型：我把我的～弄丟了

我把我的 _______ 弄丟了。

J'ai perdu ma / mon / mes _______ .

zhay pehr-dew mah / monh / may

● I lost my _______ .

文法解析 → 本句同樣為複合過去式，以「avoir現在式變化＋過去分詞」組成的句型。注意若以「être」現在式變化來取代「avoir」，則會變成完 全不同的意思「perdu」將做為形容詞「迷路」解，而擁有跟反身動詞「se perdre」相近的意涵。

身分證

carte d'identité *f.*

kahrt dee-danh-tee-tay

identification card

駕照

permis de conduire *m.*

pehr-mee duh konh-dweehr

driving licence

學生證

carte d'étudiant *f.*

kahrt day-tew-dyanh

student card

旅行支票

chèques de voyage *m. p.*

shehk duh vwa-yah-zh

travellers cheques

金融卡

carte bancaire *f.*

kahrt banh-kehr

bank card

結婚戒指

alliance *f.*

ah-ly-anhs

wedding ring

故障
En panne

暖氣無法運作。

Le chauffage ne marche pas.

luh sho-fah-zh nuh mahr-sh pah

● The heating doesn't work.

浴室的燈不會亮。

La lumière de la salle de bain ne s'allume pas.

lah lew-myehr duh lah sahl duh benh nuh sah-lewm pah

● The bathroom light doesn't work.

廁所塞住了。

Les toilettes sont bouchées.

lay twa-leht sonh boo-shay

● The toilet is blocked.

放不出熱水。

Il n'y a pas d'eau chaude.

eel nya pah doh shod

● The hot water isn't running.

何時可以修理好？

Quand cela sera-t-il réparé ?

kanh suh-lah suh-rah-teel ray-pah-ray

● When can it be repaired?

句型：～無法運作

_______ 不會動 / 無法運作。

La / Le / L' ______ ne marche / fonctionne pas.
lah / luh / l nuh marsh / fonhk-syohn pah
● The _______ doesn't work.

文法解析 → 「fonctionner」和「marcher」這兩個動詞都有「運轉、作用」的意思，要表達什麼東西不會動、無法作用時，只需將「ne ～ pas」的否定用語，直接放在動詞前後即可。

電視機
téléviseur *m.*
tay-lay-vee-zuhr
television set

DVD 光碟機
lecteur dvd *m.*
lek-tuhr day-vay-day
DVD player

風扇 / 通風機
ventilateur *m.*
vanh-tee-lah-tuhr
fan

警鈴
alarme *f.*
ah-lahrm
alarm

煙霧偵測器
détecteur de fumée *m.*
day-tehk-tuhr duh few-may
smoke detector

開關
interrupteur *m.*
enh-tehr-rew-tuhr
switch

句型：～壞掉了

_______ 壞掉了。

La / Le / L' _______ est (tombé(e)) en panne.
lah / luh / l ay tonh-bay anh pah-n

The _______ is broken down.

文法解析 → 「être en panne」或「tomber en panne」是用來表達機器壞掉、汽車拋錨等情形的片語。需注意「tomber」的複合過去式必須搭配「être」為助動詞，且過去分詞須視主詞的陰陽性來做變化。

水龍頭
robinet *m.*
ro-bee-neh
faucet

電燈
lampe *f.*
lanhp
lamp

遙控器
télécommande *f.*
tay-lay-konh-manhd
remote control

沖水鈕
chasse d'eau *f.*
shahs doh
flush

電腦
ordinateur *m.*
ohr-dee-nah-tuhr
computer

相機
appareil photo *m.*
ah-pah-rehyfoh-toh
camera

7-10

變更住宿時日

Prolonger ou raccourcir le séjour

我想要延長住宿。

J'aimerais prolonger mon séjour.

zhem-ray pro-lonh-zhay monh say-zhoohr

● I would like to prolong my stay.

可以多住兩個晚上嗎？

Est-il possible de rester 2 nuits de plus ?

ay-teel poh-seebl duh rehs-tay duh nwee duh plews

● Is it possible to stay 2 more nights?

我想要提早一日離開。

Je voudrais partir un jour plus tôt.

zhuh voo-dhray pahr-teehr uhnh zhoohr plew toh

● I would like to check out one day earlier.

退房
Quitter l'hôtel

您要離開（旅館）了嗎？

Vous partez ?

voo pahr-tay

● Are you leaving?

最晚幾點要空出房間？

Au plus tard quand dois-je libérer la chambre ?

oh plew tahr kanh dwa-zhuh lee-bay-ray lah shanh-bhr

● What is the latest check out time?

我可以看一下帳單明細嗎？

Puis-je voir la facture détaillée ?

pwee-zhuh vwahr lah fahk-tewhr day-tah-yay

● May I see the detailed invoice?

我們沒有取用小冰箱裡的任何東西。

On n'a rien pris dans le mini-bar.

onh nah ryenh pree danh luh mee-nee-bahr

● We didn't take anything from the mini-bar.

這筆費用是什麼？

Que signifie ce frais ?

kuh see-ny-fee suh freh

● What is this charge for?

我們在網上預約時已經付清款項了。

On a déjà payé au moment de la réservation sur internet.

onh nah day-zhah pay-yay oh mo-manh duh lah ray-zehr-vah-syonh sewhr enh-tehr-neht

● We have already paid at online reservation.

房間大解析

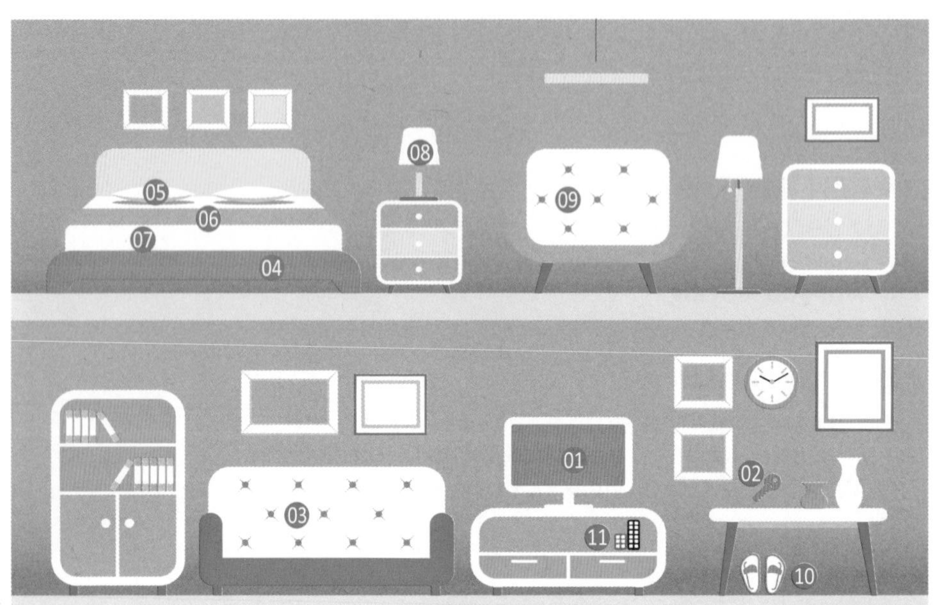

01　電視
télévision *f.*
tay-lay-vee-zyonh
television

02　鑰匙
clef *f.*
klay
key

03　沙發
canapé *m.*
kah-nah-pay
sofa

04　床
lit *m.*
lee
bed

05　枕頭
oreiller *m.*
oh-reh-yay
pillow

06　被子
couverture *f.*
koo-ver-tewhr
blanket

07　床單
drap *m.*
drah
bed sheet

08　檯燈
lampe de table *f.*
lanhp　duh tah-bl
desk lamp

09　椅子
chaise *f.*
sheh-z
chair

10　拖鞋
pantoufles *f. pl.*
panh-toofl
slippers

16　遙控器
télécommande *f.*
tay-lay-konh-manhd
remote control

門
porte *f.*
pohrt
door

窗簾
rideau *m.*
ree-doh
curtain

垃圾桶
poubelle *f.*
poo-behl
trash can

書桌
bureau *m.*
bew-hro
desk

01 洗手檯
lavabo *m.*
lah-vah-boh
washbasin

02 吹風機
sèche-cheveux *m.*
seh-sh -shuh-vuh
hair-drier

03 浴缸
baignoire *f.*
beh-nwahr
bath tub

04 毛巾
serviette (de toilette) *f.*
ser-vyeht duh twa-leht
towel

肥皂
savon *m.*
sah-vonh
soap

牙刷
brosse à dents *f.*
brohs ah danh
toothbrush

牙膏
dentifrice *m.*
danh-tee-frees
toothpaste

梳子
peigne *m.*
peh-ny
comb

第八章

出狀況

trouble

出門在外，每個人都希望一切平安、順利，但應有的預防措施還是不可少，若真的不巧遇到麻煩，請冷靜地以關鍵字和對方溝通，可別慌了手腳。

意外

Accident et incident

法國氣候尚稱溫和，各種天災都相當罕見，也沒有我們所「熟悉」的颱風、地震等等，故無須擔心這方面的應變問題；治安方面對遊客而言還算良好，不過人潮較多的地方，總免不了時有扒手出沒，人跡罕至的暗巷，更得當心搶匪或不良分子尾隨，因此最好結伴同行，互相注意隨身財物，且避開太過偏僻的所在。

救命啊！
Au secours !
oh s(uh)-koohr
● Help!

來人啊！
À l'aide !
ah lehd
● Somebody!

失火了！
Au feu !
oh fuh
● Fire!

快跑！
Courez vite !
koo-ray veet
● Run quickly!

有小偷！
Au voleur !
oh voh-luhr
● Thief!

抓住他 / 她！
Arrêtez-le / la !
ah-reh-tay-luh / lah
● Stop him / her!

叫警察！
Appelez la police !
ah-puh-lay lah po-leess
● Call the police!

叫救護車！
Appelez une ambulance !
ah-puh-lay ewn anh-bew-lanhs
● Call an ambulance!

不要碰我的東西！
Ne touchez pas à mes affaires !
nuh too-shay pah ah may zah-fehr
● Don't touch my stuffs!

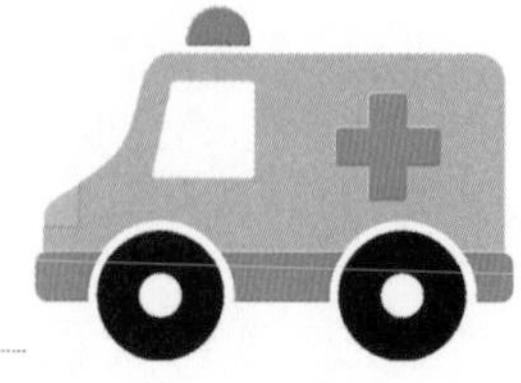

麻煩
Ennuis et désagréments

在旅途中也許會遇到陌生人前來搭訕，不論是攀談、邀約或要錢都有可能。此時最好是沈默地快速走過，即使聽得懂，也不要輕易回應，更應避免激怒對方，有時裝聾作啞反而比較明智。

走開！
Allez-vous-en !
ah-lay -voo -zanh
● Go away!

別煩我。
Laissez-moi tranquille.
lay-say -mwa tranh-keel
● Leave me alone.

我趕時間。
Je suis pressé(e).
zhuh swee preh-say
● I'm in a hurry.

夠了！
Ça suffit !
sah sew-fee
● It's enough!

放開我！
Lâchez-moi !
lah-shay -mwa
● Let go of me!

別過來！
N'approchez pas !
nah-pro-shay pah
● Stay away!

生病
Tomber malade

外國人在法國看醫生，由於沒有加入當地的社會保險，儘管只是簡單地檢查一下，都需支付高額的醫療費用；所幸我國國民回國後，可向健保局申請海外緊急就醫給付，因此若真的必須看醫生也不要硬撐，免得加重病情。由於健保的補助有金額上限，比較講究的朋友，不妨再購買海外醫療保險。

我不太舒服。
Je ne me sens pas bien.
zhuh nuh muh sanh pah byenh
● I don't feel very well.

我頭暈。
J'ai le vertige.
zhay luh vehr-teezh
● I feel dizzy.

我想吐。
J'ai envie de vomir.
zhay anh-vee duh voh-meehr
● I feel like vomiting.

我胃痛。
J'ai mal à l'estomac.
zhay mah lah lehs-toh-mah
● I have a stomachache.

可以帶我去看醫生 / 去醫院嗎？
Pouvez-vous m'emmener au médecin / à l'hôpital ?
poo-vay -voo manh-m-nay oh may-duh-senh / ah loh-pee-tahl
● Can you take me to the doctor / hospital?

句型：我～痛 / 不舒服。

我～痛 / 不舒服。

J'ai mal ________ .

zhay mahl

● My ～ hurt(s). / It hurts ~.

文法解析 → 想表達哪裡疼痛或不舒服時，可以用「avoir mal＋介詞＋部位」來說明，而「mal」這個字除了可代表生理上的不適，傳達心理上的難過、痛苦時，用的也是同一個字。因此，單純一句「J'ai mal」，解釋成「我不舒服」或者「我很難過」，都是有可能的。

頭
à la tête
ah lah teht
head

喉嚨
à la gorge
ah lah gohr-zh
throat

牙齒
aux dents
oh danh
teeth

肚子
au ventre
oh vanh-tr
stomach

背
au dos
oh doh
back

胸
à la poitrine
ah lah pwa-treen
chest

腰
aux reins
oh renh
waist

膝蓋
aux genoux
oh zhuh-noo
knees

到處 (全身酸痛)
partout *adv*
pahr-tooh
everywhere

這裡
ici *adv*
ee-see
here

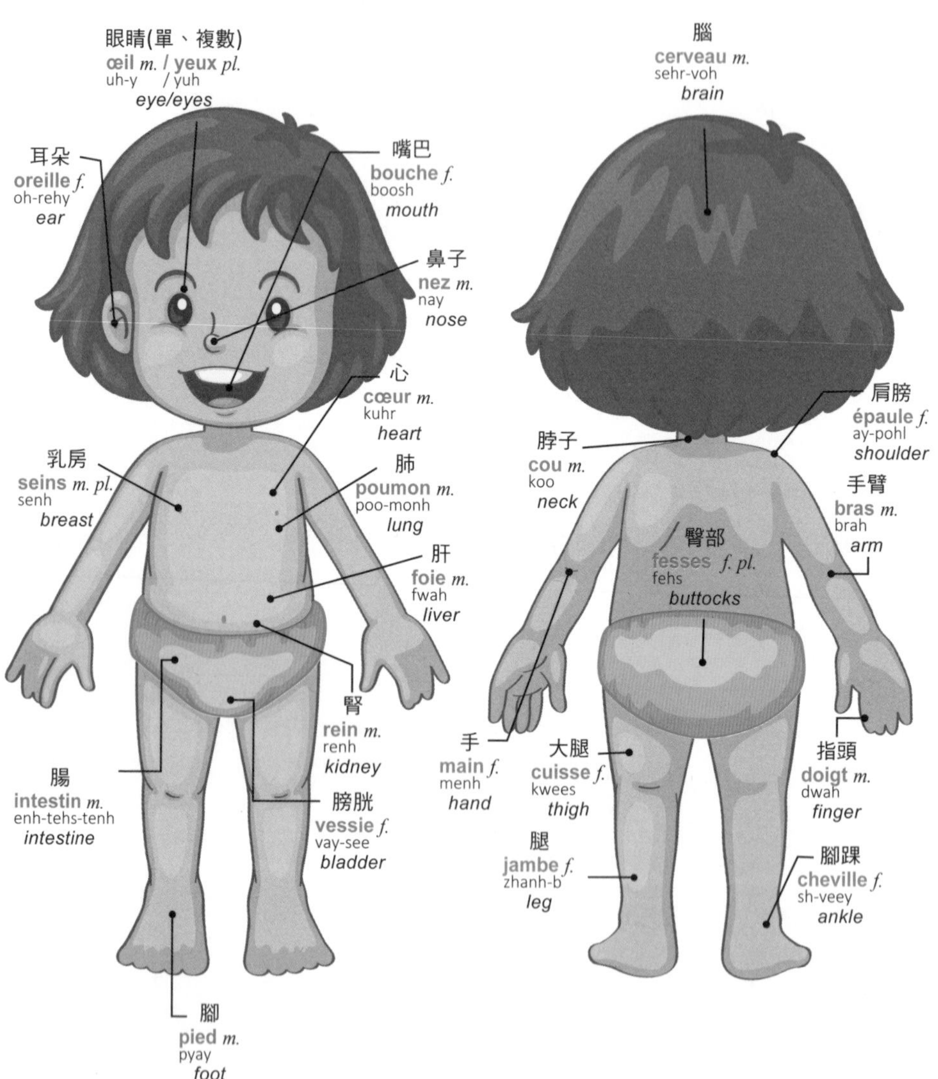
眼睛(單、複數)
œil m. / yeux pl.
uh-y / yuh
eye/eyes
耳朵
oreille f.
oh-rehy
ear
嘴巴
bouche f.
boosh
mouth
鼻子
nez m.
nay
nose
心
cœur m.
kuhr
heart
乳房
seins m. pl.
senh
breast
肺
poumon m.
poo-monh
lung
肝
foie m.
fwah
liver
腎
rein m.
renh
kidney
腸
intestin m.
enh-tehs-tenh
intestine
膀胱
vessie f.
vay-see
bladder
腳
pied m.
pyay
foot
腦
cerveau m.
sehr-voh
brain
肩膀
épaule f.
ay-pohl
shoulder
脖子
cou m.
koo
neck
手臂
bras m.
brah
arm
臀部
fesses f. pl.
fehs
buttocks
手
main f.
menh
hand
大腿
cuisse f.
kwees
thigh
指頭
doigt m.
dwah
finger
腿
jambe f.
zhanh-b
leg
腳踝
cheville f.
sh-veey
ankle

看診
Consulter un médecin

外出旅遊時，尤其是曾罹患重大疾病，或具有慢性病史、對藥物過敏等情形，應當備妥足夠的隨身用藥，並攜帶一份病歷，以備不時之需。

您哪裡不舒服？

Où avez-vous mal ?

oo ah-vay-voo mahl

● Where does it hurt?

已經持續多久了？

Depuis combien de temps ?

duh-pwee konh-byenh duh tanh

● For how long ?

深呼吸。

Respirez profondément.

rays-pee-ray proh-fonh-day-manh

● Breath deeply.

會癢嗎？

Est-ce que ça vous démange ?

ays kuh sah voo day-manh-zh

● Does it itch?

我一直流鼻水。

J'ai le nez qui coule.

zhay luh nay kee kool

● I got a running nose.

我覺得很虛弱。

Je me sens faible.

zhuh muh sanh fehbl

● I feel weak.

病症相關字彙

發燒
fièvre *f.*
fyeh-vhr
fever

發冷
frissons *f. pl.*
free-sonh
chills

噁心反胃
nausée *f.*
noh-zay
nauseous

發疹
exanthèmes *f. pl.*
zek-zanh-tehm
exanthema

腹瀉
diarrhée *f.*
dyah-ray
diarrhea

月經來潮
règles *f. pl.*
reh-gl
period

心臟病發作
crise cardiaque *f.*
kreez kahr-dyak
heart attack

糖尿病
diabète *m.*
dyah-beht
diabetes

高血壓
hypertension *f.*
ee-pehr-tanh-syonh
high blood pressure

愛滋
SIDA *m.*
see-dah
AIDS

肺炎
pneumonie *f.*
pnuh-moh-nee
pneumonia

支氣管炎
bronchite *f.*
bronh-sheet
bronchitis

盲腸炎
appendicite *f.*
ah-panh-dee-seet
appendicitis

傷風感冒
rhume *m.*
rewm
cold

咳嗽
tousser *v.*
too-say
cough

打噴嚏
éternuer *v.*
ay-tehr-new-ay
sneeze

懷孕
enceinte *a.*
anh-senht
pregnant

便秘
constipé(e) *a.*
konhs-tee-pay
constipated

8-5

治療
Traitements et medicaments

法國藥局林立，一般的止痛藥、感冒藥都可輕易取得，另外，許多藥局還備有豐富的美妝商品，以及各種營養補充、食品輔助產品，像是發泡維他命錠等等，倒是可以買一些帶回家當土產送人。

您得照一張 X 光片。
Vous devez faire une radiographie.
voo duh-vay fehr ewn rah-dyo-grah-fee
● You should take an X-ray.

我要幫您打一針。
Je vais vous faire une piqûre.
zhuh vay voo fehr ewn pee-kewhr
● I'll give you an injection.

別擔心，您的狀況不嚴重。
Ne vous inquiétez pas, vous n'avez rien de grave.
nuh voo zenh-kee-ay-tay pah voo nah-vay ryenh duh grahv
● Don't worry, it's nothing serious.

我開一張處方給您。
Je vous fais une ordonnance.
zhuh voo fay ewn ohr-doh-nanhs
● I'm giving you a prescription.

這幾天多休息。
Reposez-vous bien pendant quelques jours.
ruh-poh-zay-voo byenh panh-danh kehl-kuh zhoohr
● Have a good rest for few days.

最好回台灣作詳細檢查。

Il vaut mieux rentrer à Taïwan et faire un examen soigneux.

eel voh myuh ranh-tray ah tah-ee-wan ay fehr uhnh ehg-zah-menh swa-nyuh

● You had better go back to Taiwan and have a detailed examination.

您的診療費是多少？

Quels sont vos honoraires ?

kehl sonh voh zoh-noh-rehr

● What is your fee?

可以給我診斷書和收據嗎？

Puis-je avoir le certificat médical et la quittance ?

pwee-zhuh ah-vwahr luh sehr-tee-fee-kah may-dee-kahl ay lah kee-tanhs

● May I have the medical certificate and the receipt ?

我想要拿這張處方籤的藥。

J'aimerais retirer les médicaments de cette ordonnance.

zhehm-ray ruh-tee-ray lay may-dee-kah-manh duh seh-tohr-doh-nanhs

● I would like the medicine of this prescription.

我想買些止痛藥。

Je voudrais acheter des médicaments anti-douleurs.

zhuh voo-dray ah-shuh-tay day may-dee-kah-manh anh-tee-doo-luhr

● Have you got remedies for a migraine?

這些藥怎麼服用？

Comment dois-je prendre ces médicaments ?

koh-manh dwah-zhuh pranh-dhr say may-dee-kah-manh

● How do I take the medicine?

一天三次，飯後服用。

Trois fois par jour après les repas.

twah fwah pahr zhoohr ah-preh lay ruh-pah

● Three times a day after meals.

補充字彙

鎮靜劑
tranquillisant *m.*
tranh-kee-lee-zanh
tranquilizer

安眠藥
somnifère *m.*
sohm-nee-fehr
sleeping pill

鎮痛劑
analgésique *m.*
ah-nahl-zhay-zeek
pain reliever

退燒藥
fébrifuge *m.*
fay-bree-fewzh
febrifuge

咳嗽糖漿
sirop contre la toux *m.*
see-ro konh-tr lah too
cough syrup

喉糖
pastille pour la gorge *f.*
pahs-teey poohr lah gohr-zh
throat lozenge

消化劑
digestif *m.*
dee-zhays-teef
digestive

鎂乳（通便藥）
lait de magnésie *m.*
lay duh mah-nyay-zee
milk of magnesia

軟式隱形眼鏡
lentilles souples *f. pl.*
lanh-teey soo-pl
soft contact lenses

保險套
préservatif *m.*
pray-zehr-vah-teef
condom

避孕藥
pilule contraceptive *f.*
pee-lewl konh-tra-sehp-teev
contraceptive drugs

驗孕棒
test de grossesse *m.*
tehst duh groh-sehs
pregnancy test

OK 繃 / 繃帶
pansement *m.*
panhs-manh
band-aid

殺菌劑
antiseptique *m.*
anh-tee-sehp-teek
antiseptic

人工淚液
lubrifiant oculaire *m.*
lew-bree-fyanh oh-kew-lehr
ocular lubricant

眼藥水 / 洗眼劑
collyre *m.*
koh-lee-hr
eye drops

藥丸 / 藥片
pilule *f.* **/ cachet** *m.*
pee-lewl / kah-sheh
pill / tablet

膠囊
gélule *f.*
zhay-lewl
capsule

警察局

Commissarist de police

護照、機票遺失時，須先向警察單位報案，並取得證明，才可向駐法代表處和航空公司申請補發。因此，出國前可以先將護照、簽證、機票等重要證件都影印一份，與正本分開存放，並抄下旅行支票、信用卡等的號碼，以便萬一丟失時使用。

我的包包 / 皮夾被偷了。

On m'a volé mon sac / portefeuille.

ohnhmah voh-lay monh sahk / port-fuhy

● My bag/ wallet was stolen.

裡面有護照、機票和信用卡。

Il y avait mon passeport, billet d'avion et ma carte de crédit.

ee-ly-ah-vay monh pahs-pohr bee-yay dah-vyonh et mah kahrt duh kray-dee

● There were my passport, plane ticket and credit card.

我身上什麼都沒有了。

Je n'ai plus rien sur moi.

zhuhay plew ryenh sewhr mwa

● I have nothing with me.

可以幫我開立遺失 / 竊盜報案證明嗎？

Pouvez-vous me faire une déclaration de perte / vol ?

poo-vay -voo muh fehr ewn day-klah-rah-syonh duh pehrt / vohl

● Could you make a police report for me?

我需要人幫我翻譯。

J'ai besoin d'un interprète.

zhay buh-zwenh duhnh enh-tehr-preht

● I need an interpreter.

可以幫我聯絡台北代表處嗎？

Pouvez-vous contacter le Bureau de Représentation de Taïpei pour moi ?

poo-vay -voo konh-tahk-tay luh bew-roh duh ruh-pray-zanh-tah-syonh duh tah-peh poohr mwa

● Could you contact the Taipei representative office for me?

國家圖書館出版品預行編目資料

開始遊法國說法語　法・英・中三語版／張一喬著. －－ 二版. －－ 臺中市：晨星，2016.05
面；　公分. －－（Travel Talk；012）

ISBN 978-986-443-096-3（平裝）

1. 法語 2. 旅遊 3. 會話

804.588　　　104026832

Travel Talk 012
開始遊法國說法語
法・英・中三語版

作者	張 一 喬
編輯	林 宜 芬
封面設計	許 芷 婷
法文顧問	畢 黛 芬 （Delphne Bugnot）
法文錄音	韋 莉 娜 （Marine Verchain）
圖片提供	張 一 喬
美術編輯	張 蘊 方
創辦人	陳銘民
發行所	晨星出版有限公司 台中市407工業區30路1號 TEL：(04)23595820　FAX：(04)23550581 E-mail：service@morningstar.com.tw http：//www.morningstar.com.tw 行政院新聞局局版台業字第2500號
法律顧問	陳 思 成 律師
二版	西元2016年05月15日
郵政劃撥	22326758（晨星出版有限公司）
讀者服務專線	(04)23595819 # 230
印刷	上好印刷股份有限公司

定價320元
（缺頁或破損，請寄回更換）
ISBN 978-986-443-096-3

Published by Morning Star Publishing Inc.
Printed in Taiwan